DRUIDA
A ÚLTIMA MORTE

EDUARDO KASSE

PRIMEIRA EDIÇÃO

EDITORA DRACO

SÃO PAULO

2022

Eduardo Kasse
é paulistano, nascido em 10 de abril de 1982. Autor da série de fantasia histórica Tempos de Sangue, com cinco romances publicados: *O Andarilho das Sombras* (2012), *Deuses Esquecidos* (2013), *Guerras Eternas* (2014), *O Despertar da Fúria* (2015) e *Ruínas na Alvorada* (2016), além de uma HQ: *A Teia Escarlate* (2017). Em 2018 iniciou a Saga Vikings com os romances *Vikings: Berserker* (2018) e Vikings: Nidhogg (2020), além de um conto em *Vikings: Nas palavras dos skalds* (2020). Em *HQ, Vikings: Noite em Valhala* (2018) e *Vikings: Morte ao troll* (2019). Tem ainda contos e roteiros nas coletâneas de literatura: *Imaginários v. 5* (2012), *Excalibur* (2013), *Samurais x Ninjas* (2015), *Medieval* (2016), *Magos* (2017), *Duendes* (2019). E nas de HQs, *Sangue no Olho* (2019) e *Arquivos Secretos da Segunda Guerra Mundial* (2020).

Publisher: Erick Santos Cardoso
Edição: Erick Santos Cardoso
Revisão: Ana Lúcia Merege
Arte e capa: Ericksama e Piérce Willians (desenho)

Dados Internacionais de Catalogação na Publicação (CIP)
Ana Lúcia Merege 4667/CRB7

K 19

Kasse, Eduardo Massami
Druida : a última morte / Eduardo Massami Kasse. – São Paulo : Draco, 2022.

ISBN 978-65-5753-028-3

1. Ficção brasileira I. Título II. Série CDD-869.93

Índices para catálogo sistemático:
1.Ficção : Literatura brasileira 869.93

1ª edição, 2022

Editora Draco
R. César Beccaria, 27 – casa 1
Jd. da Glória – São Paulo – SP
CEP 01547-060
editoradraco@gmail.com
www.editoradraco.com
www.facebook.com/editoradraco
Twitter, TikTok e Instagram: @editoradraco

Druida: A última morte

UMA ESCRITA VERMELHA E BANHADA DE SANGUE

PREFÁCIO POR LUCIANA DE CAMPOS

Era uma vez uma cidade que, futuramente, seria conhecida como a "eterna". Essa cidade abrigou vários homens e mulheres poderosos, ambiciosos e que nutriam o desejo de cada vez mais expandir as fronteiras do seu domínio. Durante séculos guerrearam, amaram, mataram e deixaram seu território maior. Tão grandes eram essas terras que iam do extremo Oeste até o Leste da Europa, onde o Inverno era mais rigoroso e, dessa forma, impedia que as Legiões marchassem mais adiante.

Mas havia o mar ao Norte! Esse mar, que banhava as praias com alinhamentos de menires da Pequena Bretanha, atiçava a curiosidade e o espírito intrépido de conquista, e os impulsionou para conquistar a Grande Bretanha!

Lá, encontraram homens e mulheres tão valentes como aqueles que viviam em Roma e em seu vasto território e que de forma alguma estavam dispostos a deixar que forasteiros, apreciadores de vinho e azeite até então raríssimos naquelas paragens, entrassem em suas terras, matassem e escravizassem seus habitantes e retirassem sem a menor cerimônia todas as suas riquezas. Ali a peleja seria difícil, e nem toda a disciplina e estratégia das Legiões conseguiria domar a fúria dos celtas!

Por muitos e muitos anos houve a guerra. O sangue de romanos e celtas banhou aquele solo, tornando-o fértil, para que o desejo de expulsar de uma vez por todas os invasores se concretizasse. A batalha não seria fácil! Nem sequer os deuses acreditavam nisso e duvidavam da vitória. Os seus mensageiros, os druidas, muitas vezes olhavam desesperançados para os grandes carvalhos sagrados e sabiam que o final estava próximo.

Mas ainda havia um pequeno e frágil fio de esperança, que se materializava na figura alta, corpulenta e que ostentava uma vasta cabeleira ruiva. Surgia, então, ela: "Boudiccaaaaa, superstar!" Trazendo a esperança de expulsar de uma vez por todas aqueles homens que usavam capacetes com penachos vermelhos.

VERMELHA FICARIA A TERRA BANHADA COM SEU SANGUE!

Relatos históricos à parte, mesmo o escrito por Júlio César, "Comentários da Guerra Gálica", ou então a "Germânia", de Tácito, e todas as baladas, poemas, crônicas e estórias contadas sobre esse período, ainda há muito por desenterrar, descobrir, cantar, ler e, claro, escrever!

E é justamente na arte da escrita que Eduardo Kasse vai encontrar os meios mais eletrizantes de nos contar uma passagem da História, contando uma bela e boa estória de como os césares de Roma e suas Legiões se bateram nos belos campos verdejantes da Grande Bretanha, com os celtas, seus druidas e a mulher que os desafiou.

A narrativa de Kasse, mesmo que fundamentada nesse episódio histórico, não se preocupa em recontá-lo de uma forma analítica ou pormenorizada. Ele apresenta outra visão, bem particular, do que foi esse episódio, fazendo com que o leitor ganhe uma aventura com pitadas generosíssimas de humor negro, violência e sexo. Fica, assim, o leitor ávido por ler o parágrafo seguinte, a página seguinte não se desprendendo da grande rede de frases que o envolvem e o transportam para outra época, descrita com uma visão bem singular que só um autor experimentado na fantasia histórica poderia ter.

"Druida: a última morte" nos apresenta de uma forma crua, e com toques de um realismo bem pessoal, as batalhas travadas nas terras de Inglaterra sob o comando da rainha dos icenos, Boudicca, que, na tentativa de expulsão dos invasores romanos de suas terras, eternizou-se e serviu de inspiração, séculos mais tarde, para outra rainha inglesa que enxergava nos ideais da rainha celta – de defesa de seu modo de vida e o de sua gente – um modelo a ser seguido. Mais ainda, expandiu esse ideal para outros lugares, fazendo com que o Sol jamais se pusesse no Império Britânico, como uma espécie de revanche tardia àquele outro Império antigo que ousou tentar conquistar essa Grande Bretanha!

Mas, deixemos então que Kasse fale! Ou melhor, que escreva, descreva e deixe que seus homens, mulheres e crianças falem e, assim, mostrem que o sangue derramado semeou a terra com glória e honra, legando para o futuro belas histórias e estórias que são agora recontadas pelas hábeis mãos desse rapsodo contemporâneo!

Então, encham seus canecos, senhoras e senhores! Que se derrame a boa cerveja e, enquanto amolam suas espadas e adagas, que cante o bardo Kasse!

Solstício de Inverno de 2022

Luciana de Campos
Historiadora e estoriadora, que, quando não está atrás de eliminar os dragões das páginas de um novo livro, está às voltas com linhas, agulhas e panelas, tecendo e cozinhando poções para cantar e encantar. Ainda sobra tempo para se enredar nas tramas das boas estórias alheias enquanto alimenta os gatos e dá bronca nos filhos.

fadacelta@yahoo.com.br
facebook.com/luciana.campos.5688
instagram.com/fadacelta
Site: neve2012.blogspot.com.br

Prólogo

A terra tremeu.

Não como quando os espíritos do mar estão furiosos e nos atiram ondas imensas ou quando os Deuses batalham em nossas montanhas e florestas, fendendo rochas, derrubando árvores, fazendo desbarrancar as margens dos rios.

Foi diferente.

Foi aterrorizador.

Um tremor longo, contínuo, ritmado, ao contrário das sacolejadas rápidas e violentas causadas pela ira dos antigos poderes, que cessam em poucas piscadas de olhos depois que entoamos preces pedindo o retorno da calmaria.

Nunca havia sentido algo assim: como se cem mil cavalos trotassem nos extensos campos do Sul. Há tantos cavalos neste mundo?

A terra tremeu.

As pessoas ergueram as mãos aos Céus clamando por misericórdia, pedindo pela calmaria.

E não foram ouvidas.

Logo veio o som da morte, a melodia do desespero, a música da dor e do medo. A horrível canção com o pranto das mães e a agonia dos filhos.

Algo nunca ouvido aqui. Não assim, tão forte, intenso, nauseante. Os pássaros pararam de cantar, a água lépida dos rios parou de correr e até mesmo o vento não soprava mais.

A terra tremeu.

O céu se pintou de vermelho-sangue, assim como a nossa querida terra.

Os nossos Deuses nos viraram as costas.

Mas eu nunca deixei de clamar por Andraste.

A Mãe-guerreira não me desampararia.

Nunca...

O chão, encharcado, pisoteado e ofendido, tornou-se o último leito de jovens, velhos, mulheres, crianças e cavalos agonizantes.

Não havia mais o verde da relva. Apenas o vermelho-escuro do sangue que se tornou rio.

E eu não pude fazer nada...

Vidas

– Eu não aguento mais correr! – A mulher, arfando, pôs a mão direita sobre a barriga inchada e se apoiou com a esquerda no tronco grosso de uma faia muito alta, quase esmagando uma pequena aranha parda que fugiu e se escondeu em um vão na casca da árvore. – Vai nascer! Vai nascer!

Ela se acocorou, recostada na faia, entre as raízes que serpenteavam sobre a terra. Começou a chorar, o rosto suado e muito vermelho, os cabelos castanhos grudados na pele suja de fuligem. Puxava o ar com força pela boca, mas ele sempre era insuficiente. Ainda mais que os seus pulmões não podiam se expandir por completo, pois o bebê ocupava um grande espaço dentro dela.

Uma pega pousou sobre o galho mais baixo da árvore e abriu as asas, exibindo a bela plumagem azul, preta e branca, evidenciada pelos parcos raios de sol do entardecer que venciam a cobertura das nuvens. A ave piou alto e voou, sumindo nas sombras da floresta que margeava o caminho de onde elas tinham vindo.

–Você precisa continuar correndo, Eithne! – A outra mulher, um pouco mais velha, tentou, sem sucesso, erguê-la. –Levanta, minha irmã! E-eles estão chegando. A Deusa Matrona te dará forças. Levanta!

A irmã caçula tentou se levantar, mas as suas pernas não tiveram forças para erguê-la: começaram a tremer enquanto as lágrimas escorriam profusas e criavam uma máscara de agonia ao se misturarem à fuligem. Crispou os dentes bem alinhados e gemeu.

A bolsa estourou. O líquido valiosíssimo e muito cobiçado pelos druidas nutria a terra ressecada sob os pés da jovem.

–Foge, Wāðsige! – A ordem soou como um rosnado, o rosto de

Eithne contorcido de dor, trêmulo, a boca travada exibindo os dentes brancos e bem alinhados e as veias saltadas nas têmporas. A jovem se sentou sobre o tapete de folhas que tinham caído aos montes no outono passado. – Se salva, minha irmã! Vai!

Eithne gritou quando sentiu uma forte contração. E a terra começou a tremer. Nenhum animal, nenhuma ave permaneceu no local. Todos foram procurar a segurança da floresta ou atravessaram o rio raso, devido às chuvas escassas, que estava a menos de cem passos das irmãs.

Eithne gritou quando outra contração irrompeu. Cravou as unhas no chão, compartilhando a sua dor com Danu, a Deusa-Mãe, a Deusa da Terra, que já bebera, sedenta, todo o líquido do seu ventre.

De onde elas tinham vindo, outros berros ecoaram pelo ar frio e com cheiro de fumaça. Foram sendo calados até cessarem por completo instantes depois.

Eithne gritou.

Um punhado de pessoas fugia e passou por elas como se fossem invisíveis, como se fossem árvores em meio a outras tantas. Como se as duas irmãs fossem apenas espíritos daquela terra. Atravessaram o rio e sumiram após vencerem uma pequena colina ponteada por arbustos de abrunheiros e groselhas silvestres.

Por algum tempo, ninguém mais veio e o silêncio doeu nos ouvidos. Mas a terra continuava a tremer. Cada vez mais forte.

Eithne gritou.

Puxou para cima o seu vestido de lã tingida de verde, ornado por linhas bege verticais e horizontais que formavam quadriculados quase simétricos, e abriu as pernas com muita dificuldade, os músculos retesados ao máximo.

– Vai, irmã! Foge! – A jovem chorava, a dor lhe rasgando o ventre. – Se salva!

Wāðsige fechou os olhos, abriu os braços e murmurou uma prece, girando o corpo de onde o sol nasce até onde ele se põe. Inspirou bem devagar o ar seco e frio e o exalou, chiado, pela boca antes de reabri-los. Sacou a espada curta que ganhara do seu pai e se prostrou à frente da irmã, que sofria sozinha as dores do parto.

Eithne gritou.

Wāðsige gritou.

E o bebê chorou.

*

– Quantos são, Bláan? – O homem com o rosto coberto por tatuagens azuis e as laterais da cabeça raspadas se agachou para arrancar um pequeno cogumelo da terra. Limpou um pouco da sujeira com um sopro forte e começou a comê-lo.

O vento zunia por entre os galhos das árvores, que recuperavam as suas folhas após o inverno estranho e quente: pouca neve caíra, e houve apenas um punhado de dias com o costumeiro frio intenso. Até mesmo os ursos, cada vez mais raros, não se recolheram em suas tocas para hibernar. Invadiam as aldeias, sempre famintos, roubando peixes que secavam ao sol e tudo o mais que estivesse à vista.

– Ocuparam toda a praia com tendas e barracas e continuam a fortificar o lugar com paliçadas e fossos. – O outro, com cabelos grisalhos e uma grande cicatriz que sulcava o lado direito do rosto, bebeu um pouco da água do riacho pedregoso, onde peixinhos se escondiam atrás de tocos e de plantas porque um lúcio voraz caçava por lá. – Nunca vi tantos navios na minha vida. Mal dava para ver o mar sob eles.

– Mais navios do que da última vez? – Arrancou um segundo cogumelo e começou a mastigá-lo, desta vez sem limpar a terra grudada nele.

– Muito mais! – O homem grisalho se assustou quando o comprido peixe caçador emergiu com metade do corpo fora da água e uma rã na boca, ainda viva e lutando, em vão, pela sua liberdade. – Trouxeram milhares de soldados, cavalos e suprimentos, e a cada dia outros tantos chegam. É um exército imenso.

O tatuado grunhiu e cuspiu um escarro amarelado. Levantou-se e apertou com força o punho da sua espada de cabo quase preto e pomo de bronze. Olhou para o céu, mas não viu nenhum presságio, pois sequer as aves voavam naquele momento.

– O que faremos, Caden? – O mais velho encarou o outro, que era pelo menos dois palmos mais alto e menos troncudo.

– Prepare os homens, Bláan – Caden estalou os dedos. – E me espere na aldeia.

– Aonde você vai?

– Vou falar com... – olhou para o chão e engoliu em seco. – Vou falar com o meu pai.

– Que Alaunos te dê boa sorte – Bláan tocou a virilha. – Ainda bem que eu estou velho e já não sou mais o chefe da nossa aldeia. Sábia foi a minha decisão de escolher você para seguir com esse legado. Não queria carregar esse último fardo na minha vida, de ver o nosso povo... – Engoliu as palavras e silenciou por alguns instantes. – Mas saiba que estou com você até o fim.

– Vou mesmo precisar, meu amigo, pois, como você mesmo disse, esse fardo agora é meu. Só meu.

O pesar no rosto de Caden era límpido como a água da nascente. Ele se virou e seguiu pela pequena trilha que subia a montanha. Cabras pastavam por entre as urzes enquanto dois pastorzinhos faziam o seu desjejum com queijo e pão, sob o olhar cobiçoso de um cão de pelos grossos e cinzentos.

.

.

.

– Caden, meu filho preferido. – O velho magro como um galho seco sorriu e exibiu os dentes escurecidos como se tivesse acabado de mastigar carvão, contrastantes com a sua comprida barba branca entremeada por uns poucos fios avermelhados. – Enfim você se lembrou do seu pai.

Ele estava em pé na entrada da caverna escura, que quase raspava na sua cabeça e se assemelhava à boca de uma grande fera prestes a devorar o velho, por causa das pedras pontiagudas do topo. Deu alguns passos para a frente, e o colar feito com ossos de bichos e de gente balançou no seu peito desnudo. Piscou algumas vezes para se acostumar com a claridade e abriu um novo sorriso preto.

– Preferido? Sou o único que ainda está vivo! – Caden venceu o último trecho da encosta rochosa. Tivera de usar as mãos para se apoiar durante a escalada do aclive íngreme. No topo, pôs-se ereto e sorveu o ar com força pela boca enquanto enxugava a testa na manga da camisa grossa.

– Por isso é o meu preferido. Os seus irmãos eram fracos. – O pai, sem qualquer cerimônia, abraçou-o, recebendo em troca uma careta do filho quando os seus ossos estalaram. – O mais velho morreu na primeira batalha em que lutou. O do meio sucumbiu com uma simples febre e o antes de você deixou a sua força se esvair em merda depois de comer carne de carneiro.

– A carne estava podre. O carneiro estava morto há não sei quantos dias. – Caden pôs as mãos na cintura e tossiu.

– Eu comi junto com o seu irmão e estou aqui, forte e feliz por rever o meu filho preferido. – O velho colocou as mãos nas laterais da cabeça do filho e o puxou para si. Beijou a sua testa suada com um ruidoso estalo.

– Sendo o mais *sábio* e respeitado druida do nosso povo, você deveria ser capaz de curá-los, não? – Caden fingiu um sorriso. – Até mesmo revivê-los, como faziam os feiticeiros do passado.

– Por isso que você é o meu filho preferido. É insolente igual a sua mãe – gargalhou. – Mas sei que você não veio até mim para relembrar assuntos de família, tampouco para saber como anda o seu velho pai. Está fodido, não está?

– E você também – Caden rosnou. – E todo o nosso povo.

O velho arregalou os olhos. Suas sobrancelhas eram ralas, em contraste com a barba grossa como a de um bode. Coçou a cabeça, os cabelos embaraçados e sujos, e se virou. Andou em direção à bocarra que era a entrada da caverna. Baixou a calça e mijou em uma rocha escurecida pelo fogo e, quando terminou, se agachou para acompanhar o fio de urina que descia sinuoso como um pequeno rio vencendo os obstáculos do chão pedregoso.

– *Eles* voltaram! – O velho se levantou, ergueu as calças e se aproximou do filho. – Pelo único bago inchado de Esus, *eles* voltaram!

– Sim. *Eles* voltaram. – Caden crispou os dentes e apertou com força o punho da sua espada. – Você viu isso no mijo?

– No mijo? – O velho abriu os braços. – Quem consegue ver algo no mijo? Eu apenas pensei um pouco. Quem mais poderia matar a todos nós senão *eles?*

– E por que ficou observando o mijo com tanta atenção? – Caden apontou para a pedra enegrecida, agora com uma mancha úmida.

– Porque eu acho divertido como o fio amarelo vai costurando o caminho até ser chupado pelo chão – gargalhou o velho. O filho tinha o rosto sisudo e esfregava as mãos sujas uma na outra, irritado. – Isso quando não consigo afogar uma formiga ou besourinho e...

– Eu não tenho tempo para chacotas, pai. Eu vim atrás de conselhos! – Caden se sentou em uma pedra cujo topo fora talhado nos tempos antigos até ficar reto, a fim de servir como um banco um pouco mais confortável. – *Eles* voltaram e, desta vez, vieram com muito mais força. Com o dobro, no mínimo.

– Desembarcaram no mesmo lugar?

– Um pouco mais ao Norte. – Caden encarou o pai. – Bem próximo das nossas terras.

– E vocês não os atacaram? Não espetaram esses vermes com dardos e flechas? – O pai assoviou e um corvo pousou no seu ombro. – Você não deu essa ordem aos seus homens?

– Eu não estava na aldeia... – O filho baixou a cabeça. – E mesmo que estivesse não ordenaria o enfrentamento. *Eles* vieram com um exército nunca visto por aqui. Seria um massacre!

– Viver hoje, morrer amanhã, morrer hoje, reviver amanhã! – O druida acariciou o corvo. – Você pensa demais nessa carne misturada com tripas, pele e ossos que você chama de corpo e esquece que o espírito é imortal. Você teme demais.

Caden se levantou.

– Vejo que perdi o meu tempo vindo até aqui, *pai* – sibilou, o cenho retesado e a respiração arfante.

– Perdeu o seu tempo? – O velho exibiu os dentes pretos emoldurados pela barba branca. O corvo grasnou. – Ah, meu jovem afoito... Você veio atrás do meu conselho e eu irei dá-lo, basta pedir.

Caden se virou e olhou para o horizonte. O céu encoberto nada lhe dizia. Lá embaixo, tão distante quanto a vista alcançava, estavam as cabanas redondas da aldeia, cujos telhados cobertos por palha e urzes ponteavam a clareira circundada pela floresta ainda intocada.

E, naquele instante, o seu povo se preparava para o derradeiro momento. Guerreiros bradavam pela batalha, mulheres choravam antevendo o desfecho e as crianças pequenas brincavam, sem entender direito o que se passava ao seu redor.

– O que eu faço? – O jovem chefe se encolheu quando o raio inesperado desceu dos céus e se ramificou como a raiz de uma árvore. Tocou a virilha quando o trovão rugiu. – Como posso impedi-los? Só os meus guerreiros não fariam nem cócegas naquele exército imenso, e os demais chefes estão desunidos, brigando entre si. Alguns até apoiam os invasores. Cobiçam o poder e o ouro *deles*. Nem mesmo Cassivelauno consegue unir a todos nós.

– Sim, você tem razão, Caden. – O corvo voou, não sem antes deixar uma cagada no ombro desnudo do druida. – E, mesmo que toda a nossa ilha estivesse unida sob um único rei, ainda assim não sei se teríamos força para barrá-los.

– Então, o que eu devo fazer? – O guerreiro pôs a cabeça entre as mãos. – Por favor, estou como um cego na...

– Bem, você...

– Ali está ele! – Três homens empunhando espadas sugiram na trilha que vinha do lado direito da caverna. – Ali está o velho safado! Vamos!

– Agora, meu filho preferido, você corre como se lobos

estivessem prestes a morder o seu rabo. – O druida começou a descer a encosta com uma agilidade desproporcional à sua aparência, à sua idade. – Corre, Caden!

O filho, alarmado, obedeceu e começou a fugir, tropeçando nas pedras soltas e nas raízes dos arbustos que nasciam naquele chão duro. Tentava seguir o seu pai, que, descalço e veloz como uma lebre, já estava a uns cinquenta passos de distância, quase no sopé da montanha.

*

– A gente precisa ajudar! – O menino ruivo, cabelos compridos e revoltos como labaredas ao vento, o rosto salpicado por sardas e a boca fina onde faltavam dois dentes de leite que haviam caído, sussurrou apoiado no ombro do irmão mais velho. – *Eles* vão matar as duas, Barr.

Os dois estavam agachados atrás de um arbusto de rosa-canina, olhando pelos vãos entre as folhas e galhos ainda sem frutos. O mais velho, cuja barba começava a engrossar, apertava com força o cabo da sua lança de caça, com penas de falcão amarradas perto da lâmina para que ela sempre voasse certeira e nunca errasse a presa. A terra tremia, assim como os músculos do seu rosto.

– Barr, *eles* estão chegando. Vamos! – O menininho falou mais alto desta vez e tentou correr.

– Quieto! – Barr segurou com força o bracinho magro do irmão, que ameaçou esbravejar, mas se calou e se encolheu ao ver o rosto irritado, de testa franzida e dentes cerrados, que o encarava. – Como podemos ajudá-las, Ruadh? *Eles* são tantos que parecem formigas procurando comida.

– Mas elas...

– Se o destino delas for viver, irmão, Andarta, a Deusa da guerra, terá piedade das duas. – Barr olhou para o céu esbranquiçado e agora sem nenhum raio de sol vencendo a cobertura das nuvens. Ouviu um trovão rugir distante e sentiu um frio estranho percorrer a espinha.

– E se esse não for o destino delas? – O menino, aflito, chacoalhou o irmão com as mãozinhas sujas de terra, segurando na sua camisa feita de linho grosso.

O mais velho não respondeu, enfeitiçado e temeroso com a marcha daquele exército imenso, o maior que já vira, que passava pela estrada a poucos passos de onde eles se escondiam.

Mal conseguia balbuciar uma reza de proteção que a sua avó lhe ensinara:

Quando a guerra chegar até você, menino, não sinta medo
Os espíritos ancestrais te protegerão
Os inimigos, cegos, não te enxergarão
E assim como vieram, irão embora, sem lhe relar o dedo!

A terra tremia com os passos bem sincronizados, ao contrário do coração de Barr, que ribombava, arrítmico, tentando escapulir do peito pela garganta.

*

Wāðsige, tal como uma loba acuada, mostrava os dentes e segurava com firmeza a sua espada de lâmina bem polida e afiada. Estava à frente da irmã, que envolvia em seus braços o bebê recém-nascido, ainda ligado a ela pelo cordão umbilical. As duas estavam a menos de dez passos da estrada que se tornara um rio pulsante com a marcha do exército invasor – homens trajados com armaduras de metal reluzente, munidos com lanças, espadas e grandes escudos retangulares –, que seguia adiante, mesmo quando aquele que parecia o líder apeou o cavalo e foi em direção às irmãs.

Wāðsige se pôs em posição de batalha. Já havia lutado algumas vezes para defender o seu lar e os seus irmãos na ausência do pai. Tinha cicatrizes que traziam lembranças, histórias das quais ela se orgulhava. E algumas que ainda lhe causavam pesadelos e despertares aos gritos.

– Foge, Wāðsige! – o marido ordenou à esposa. Arrancou o machado cravado em uma tora de madeira ao lado da pilha de lenha recém-cortada. – Caedmon e os traidores estão vindo!

Um menininho, assustado devido à balbúrdia, chorava agachado, abraçado a um filhote de gato de pelos cinza que miava agudo em busca da mãe. A irmã, um pouco mais velha, pegou-o pela mão e eles correram para dentro de uma das casas circulares, feitas de madeira, barro e palha.

Os cães latiam para o bando que vinha correndo, vinte e poucos homens armados com espadas, machados e lanças. Na aldeia cercada por uma paliçada simples e com portão aberto, mulheres, garotos jovens demais para ir à guerra e homens velhos demais para se embater com o inimigo pegavam o que tinham à mão para defender suas vidas e seu lar.

Uns empunhavam forcados, enxadas e facões. Outros, como o marido de Wāðsige, que na ausência do seu sogro comandava o local junto da esposa, portavam machados, espadas e lanças.

– Vamos barrá-los no portão! – O líder correu, seguido por meia dúzia de homens que já haviam experimentado a batalha. Apenas dois carregavam escudos e nenhum trajava armadura. – Depressa!

– Fechem o portão! – berrou um dos guerreiros ao seu lado.

– Não! Ainda tem gente vindo das plantações – o chefe apontou para quatro mulheres que corriam margeando a paliçada em direção à entrada.

– Merda! – O guerreiro cuspiu. – Minha filha está lá!

Um bando de cabras trotou portão adentro guiado pelo pastorzinho, cuja túnica estava ensopada de suor. O seu cão, entendendo a gravidade do momento, mordia as canelas daquelas que ousavam se desviar do caminho. O menino deixou os animais sob a tutela do seu amigo peludo e, munido do cajado comprido que usava para matar cobras, foi para junto daqueles que iriam defender a aldeia.

As outras quinze pessoas que estavam em condições de lutar correram para compor a defesa do portão, agora a menos de doze passos do inimigo, cujos gritos fizeram os pássaros voarem das árvores próximas.

– Vamos embora! – A garota de olhos verdes como as folhas da faia puxava o braço da mãe, que empunhava uma faca comprida, usada para limpar peixes, ainda com a lâmina cheia de escamas. – A gente pode pular a paliçada lá no fundo. Eu te ajudo e...

– Não vou deixá-los tomar tudo que temos enquanto o seu pai e o seu irmão estão fora! – Empurrou a menina, que caiu no chão e começou a chorar.

Um velho tropeçou nas próprias pernas enrijecidas pelos anos, caiu e rachou a cabeça, batendo-a na roda de madeira maciça da carroça. Seu neto, com menos de doze primaveras, munido com uma foice, estacou ao seu lado, os olhos arregalados por ver a poça de sangue se formar e tingir de vermelho os cabelos e a barba branca do avô.

– Vo-vô...

– Vem logo, Espirro! – Um garoto de cabelos claros como o mel parou ao seu lado e o puxou pelo braço. – Se a gente não ajudar, vamos terminar como ele.

O neto assentiu, limpou o ranho no punho da camisa e seguiu

em direção ao portão, mal enxergando o caminho por causa das lágrimas.

Apenas cinco passos separavam os aldeões dos invasores. E os gritos de ambos se misturavam em uma melodia raivosa e dissonante.

Wāðsige correu empunhando a espada que o seu pai lhe dera pouco antes de partir para a guerra. Era uma boa arma, forjada por um habilidoso ferreiro que deixara o fio duro como os dentes de um urso e o corpo um pouco maleável, a fim de resistir às pancadas sem se quebrar. O cabo era feito de carvalho enrolado com uma tira de couro, o que melhorava a sua empunhadura. No pomo havia uma cabeça de bronze, que, como o seu pai lhe contara, servia para representar todos aqueles que seriam decapitados pela excelente arma.

*

– Como vai chamá-la, minha filha? – Bláan pôs as mãos na cintura e observou a jovem manuseá-la com habilidade.

– Toque de Babd. – A filha esticou o braço e observou a lâmina comprida e bem polida.

– E, como a Deusa, ela vai reinar nos campos de batalha! – O pai gargalhou, beijou a testa de Wāðsige e seguiu junto a mais de cem homens para a batalha que aconteceria nos campos lamacentos depois da velha floresta.

*

Wāðsige chegou ao portão quando o primeiro crânio foi rachado. Seu marido, depois de desviar da estocada de uma espada que chegou a raspar a sua camisa, fez uma diagonal de cima para baixo com o machado e acertou logo acima da orelha direita do inimigo sem elmo. O infeliz tombou no chão, sem metade do rosto, e começou a estrebuchar, revirando os olhos, enquanto o vômito saía em pequenos jatos pela boca e pelo nariz, misturando-se ao sangue vazando pelo ferimento.

Espirro, assustado, estava de cócoras, olhando o braço, enquanto aos seus pés a própria mão jazia ainda segurando a foice. Desmaiou em silêncio. O amigo ao seu lado berrou e desceu a enxada com força na cabeça daquele que deixara o pequeno garoto maneta, afundando o elmo e esmigalhando o topo do crânio. Jovem, nunca havia participado de uma batalha, contudo, os seus músculos eram fortes por causa da dura labuta do dia a dia no chão pedregoso.

Uma lança varou o peito do homem à direita *do marido de Wāðsige, quase o atravessando. O seu algoz, um grandalhão de barba bifurcada trançada com tiras finas de couro, rosnava e enterrava a sua arma nas carnes do guerreiro de braços cobertos por tatuagens e cicatrizes.*

O grandalhão deixou a lança cravada no morto e sacou a sua espada com entalhes representando lobos no pomo e na guarda. Algo bem incomum e que mostrava o seu valor elevado. Comprovou-o quando a lâmina afiadíssima decepou o braço de um moleque que tentara atacá-lo com uma faca, mas errou o golpe quando o seu alvo deu um passo para o lado e fez o corte preciso.

O jovem berrou, tentando estancar o sangramento acima de onde havia o seu cotovelo. Foi silenciado pela espada que lhe entrou pela boca. A ponta brilhou, manchada de vermelho, saindo de sua nuca.

O grandalhão rosnava como as feras entalhadas na sua espada.

O pastorzinho lhe acertou a cabeça com o cajado, fazendo-o se dobrar de dor. O golpe, entretanto, não o tirou do combate. Com sangue escorrendo pela testa, investiu contra o garoto, que gritou e correu. O seu cão veio em disparada e mordeu a bota do invasor, como costumava fazer com as ovelhas. Teve a coluna fendida pela espada afiada. Tombou de lado e ficou gemendo baixinho.

Wāðsige furou a barriga de um magricela que tentou talhar o seu rosto. Ele levantou a mão acima da cabeça, mas não pôde completar o golpe, agonizando de dor ao receber o "Toque de Babd" que pinicou o seu estômago e as suas tripas quando o bom aço trespassou a proteção do ferro e do couro.

O portão tinha a largura de uns seis passos, e a linha fina da primeira defesa conseguiu conter a invasão até que os demais aldeões chegassem.

– Seu merdinha! – Um gorducho invasor que estava no flanco direito fez uma careta quando um moleque espetou a fisga que usava para caçar rãs na lateral de sua coxa protegida apenas pelo tecido grosso da calça. Fora pego desprevenido enquanto aparava com o escudo um golpe de lança desferido por uma das mulheres.

Ele cortou o ar com a sua espada curta, mas o garoto, ligeiro como uma doninha, desviou e correu, fugindo da batalha. E essa distração lhe custou caro: a ponta de uma lança passou rente à borda do escudo e se cravou na virilha, fazendo um rombo quando a mulher começou a torcer o cabo tal como fazia quando caçava javalis e os raros auroques.

O gordo guinchou de dor.

A atacante morreu em silêncio. Uma lança curta, atirada por um dos homens de Caedmon na retaguarda, furou o seu peito, bem no coração. A mancha de sangue crescia vagarosa, tingindo o tecido bege enquanto a sua alma, ainda desnorteada, procurava o caminho do outro mundo.

Um menino, de cima da carroça, atirou uma pedra e acertou em cheio o elmo do invasor que acabara de cortar a cintura do marido de Wāðsige. Mesmo com a proteção do ferro forrado com lã, o homem do nariz torto para a esquerda sentiu a pancada e pôs a mão na testa. O seu oponente, o líder daquela aldeia na ausência do sogro, curvado pela dor do ferimento profundo, conseguiu estocar com a espada que tomara de um morto e lhe perfurou o pescoço escondido atrás da barba espessa, fendendo-lhe a coluna.

O invasor estava morto antes de cair no chão.

O marido de Wāðsige gemia alto, ofegante.

O menino sobre a carroça comemorou levantando os braços e por pouco não foi morto por uma lança que voou em sua direção e se cravou a um palmo dos seus pés.

– Puta merda! – Pulou da carroça e se escondeu atrás de um fardo de lã.

A mulher que, instantes antes de iniciar a batalha, estripava um peixe, enfiou a faca comprida no bucho do guerreiro de barba bifurcada. Ele abriu a boca, mas o grito não saiu, apenas o fedor do seu bafo ofendeu as narinas da agressora. A perfuração profunda feriu o estômago e rasgou os intestinos, liberando o caminho para o caldo amarronzado de sangue misturado com bosta escorrer pelo rombo. O grandalhão deixou cair a ótima espada com lobos entalhados e morreu ao lado do corpo do cão do pastorzinho.

Wāðsige foi para junto do marido, que mal conseguia se manter de pé por causa do ferimento profundo na lateral do corpo. Treze defensores ainda lutavam. Oito invasores ainda atacavam. E, ao contrário dos moradores da aldeia, todos eram guerreiros.

Os dentes de um forcado de feno se entortaram no escudo de Caedmon, que gritou e talhou o peito do velhote que o atacara. O aço fendeu-lhe o osso esterno, fazendo o urro de dor jorrar pela garganta ressecada pelo medo.

O marido de Wāðsige tombou de joelhos, o que não o impediu de cravar o machado na virilha de um jovem que lhe rasgara a coxa. O invasor guinchou tal qual um porco capado e caiu no chão com as mãos sobre o ferimento profundo.

Wāðsige gritou quando a lâmina fria cortou o seu ombro esquerdo e fez a ponta aguçada da sua espada entrar na garganta do inimigo, que deu três passos para trás, sufocando, tentando estancar o sangramento.

– Sua vaca! – Caedmon olhou para o irmão, que acabara de tombar com o pescoço furado. – Você estará na minha cama assim que a batalha acabar!

O líder dos invasores apontou com a espada e riu. Wāðsige olhou para o lado e viu o marido morto. Não teve tempo de chorar. Não teve vontade de prantear o seu amado. Sentiu o azedo na garganta. Cuspiu e crispou os dentes. E avançou contra o traidor. Golpeou o escudo daquele que era considerado pelo seu pai como um irmão e que, ao invés de estar lutando junto com ele, resolveu invadir a sua aldeia.

Lascas de madeira voaram do escudo.

E o sangue escorreu da sua coxa, empapando o vestido, quando Caedmon a acertou, sem conseguir fazer um corte profundo.

Ela atacou de novo. E pela segunda vez o aço encontrou a madeira. E desabou sem ar depois de receber a sola da sandália de Caedmon na barriga.

– Eu não vou te matar, Wāðsige – o invasor sorria. – Não esqueça que você será a minha cadelinha e...

Caedmon arregalou os olhos, a boca abrindo e fechando, como se tentasse dizer algo. Pôs a mão nas costas, mas não conseguiu alcançar a faca cravada fundo em seu pulmão, que começava a se encher de sangue.

– Ela não vai ser a cadela de ninguém! – A mulher que cheirava a peixe cuspiu. – E eu te amaldiçoo a vagar para sempre sem encontrar a paz.

Caedmon tentou puxar o ar pela última vez antes de desabar no chão e a sua espada rolar para longe do seu alcance.

A batalha terminara.

Dois invasores fugiram. Os demais estavam feridos ou mortos.

A aldeia estava salva.

Ao custo de dezesseis vidas.

Dentre elas a do marido de Wāðsige, que teria sido o chefe daquelas terras se não tivesse tombado.

*

O cavaleiro trajado em uma armadura bem polida com o relevo de um lobo circundado por ramos e folhas, feito no que parecia ser ouro – muito diferente daquelas usadas pelos demais homens do exército –, permaneceu parado à frente de Wāðsige. O vento, que agora soprava forte, fazia a sua capa marrom tremular, assim como as bandeiras carregadas pelos homens que marchavam às suas costas e faziam a terra tremer.

A égua branca que também tinha proteções no peito, no focinho e nos flancos, além da crina mais bem cuidada que os cabelos da maior parte dos habitantes daquela ilha, soltou vapor pelas narinas e relinchou, ganhando dois tapinhas no pescoço.

Todos os músculos de Wāðsige estavam tensos como a corda esticada de um arco prestes a disparar. Sua irmã, ainda ofegante, ninava o bebê que, alheio à tensão, sugava o leite do peito com a boquinha miúda, mas voraz, a mãozinha segurando no vestido suado.

– Por favor, minha Deusa... – Eithne não tirava os olhos do filho ainda todo sujo do parto no chão daquela terra. Da sua terra. – Que eu viva para ver o meu bebê crescer. Por favor, minha Deusa! Que eu viva para consagrar o meu filhinho a você!

Outro cavaleiro veio trotando e parou ao lado daquele que parecia ser o líder. Também trajava uma boa armadura, mas mais simples: a proteção no seu peito era feita de diversas faixas de metal sobrepostas, bem diferente das usadas pelos homens nativos, feitas com elos de ferro ou couro endurecido. E o seu elmo era encimado por pelos tingidos de vermelho.

Os dois cavaleiros trocaram palavras incompreendidas por Wāðsige e riram. Ela apertou com ainda mais força o cabo da sua espada, as pontas dos dedos muito vermelhas por causa da pressão.

O bebê mamava.

Eithne rezava com o rosto coberto de lágrimas.

Sua irmã permanecia firme como uma rocha que desponta do chão.

O líder daquele exército bateu os calcanhares na lateral da égua e puxou a rédea. O belo animal branco se virou e ele trotou para o início da grande serpente formada pelos seus homens, sendo seguido pelo outro cavaleiro.

O exército marchava ordenado, quatro homens lado a lado em cada fileira, as pisadas ritmadas levantando pó do chão castigado pelas botas e pelas sandálias de couro. Demorou a passar de vez e a atravessar o rio raso, cujas águas límpidas se tornaram barrentas.

Os últimos homens estavam a cerca de trinta passos de distância delas quando a irmã mais velha desabou no chão, as pernas amolecidas, a mão afrouxando a pegada na espada, mas sem soltá-la. Inspirava e expirava rápido demais, como se o ar não quisesse parar dentro dos pulmões.

Engoliu em seco e olhou para cima, no exato momento em que uma águia-dourada veio voando em direção ao mar. Dourada como aquela que era carregada por um dos guerreiros na vanguarda do exército invasor.

Wāðsige fechou os olhos e o suor pingou da ponta do seu nariz fino. A boca rosada murmurou algo e ela se permitiu sorrir, aliviada. Mas em seguida, assim como uma loba que nunca descansa e protege a sua matilha, levantou-se num pulo, a espada apontando para a frente. Ouvira um barulho vindo do outro lado da estrada e o farfalhar dos arbustos que não era causado pelo vento.

– Irmã! – O garotinho veio correndo e a agarrou com os bracinhos finos. – Eu achei que você ia virar picadinho.

O outro irmão correu também, não sem antes olhar para os dois lados da estrada.

– Wāðsige! – Abraçou a irmã e se agachou ao lado de Eithne. – É um menino!

A irmã mais velha, como se despertada de um sonho, se virou e se agachou ao lado da mais nova, que ainda amamentava o menininho voraz.

– Você está bem, Eithne? – Tirou os cabelos da testa suada da irmã.

– Sim. E o meu bebê também! – A jovem mãe sorriu, os olhos ainda úmidos. – Não parou de mamar um instante. A Deusa nos guardou.

– Barr, você está com a sua pedra-de-fogo? – Wāðsige perguntou para o irmão, que assentiu. – Ótimo, faça uma fogueira. E você, Ruadh, vá pegar gravetos secos.

O menorzinho, ligeiro, pegava toda a lenha que encontrava ao redor. E o irmão raspava a casca de um pinheiro com a sua faca, tirando as lascas oleosas que se incendiariam com as faíscas.

.
.
.

– Qual é o nome dele, minha irmã? – A lâmina da faca de Barr estava avermelhada depois de ficar um bocado sobre as chamas.

– Fergal – Eithne respondeu sem hesitar. – O nome do nosso avô. Você não o conheceu, mas era um ótimo guerreiro e sempre me fazia rir com as suas histórias.

Wāðsige sorriu e ergueu a sua espada acima da cabeça.

– Fergal, que Andraste te abençoe! – Wāðsige pôs a parte chata da lâmina na testa do bebê, que se encolheu pelo toque frio, mas não chorou. – Que você tenha saúde! Que você tenha força! Que você tenha sabedoria! Que você tenha vontade de lutar!

Cortou o cordão umbilical com a sua espada afiadíssima e cauterizou-o com a faca que o seu irmão lhe entregara em mãos.

– Fergal, que Andraste te abençoe! – Eithne levantou o filho acima da sua cabeça. – Que você tenha saúde! Que você tenha força! Que você tenha sabedoria! Que você tenha vontade de lutar!

Barr pegou um pouco de terra, cuspiu na mão e fez lama, que passou na testa do sobrinho.

– Fergal, que Andraste te abençoe! – Barr ergueu a sua lança. – Que você tenha saúde! Que você tenha força! Que você tenha sabedoria! Que você tenha vontade de lutar!

– Faça o mesmo, Ruadh – Wāðsige sorriu para o irmãzinho. – Pegue um punhado de terra e cuspa nele.

O pequeno obedeceu, com uma careta entalhada no rosto sardento. Passou a lama no rostinho sujo do sobrinho, seguido pelas duas irmãs, que repetiram o gesto.

– Fergal, que Andraste te abençoe! – Ruadh coçou um piolho na cabeça. – Que você tenha saúde! Que você tenha força! Que você tenha sabedoria! Que você tenha vontade de lutar.

Fergal berrou a plenos pulmões, dizendo para os animais, gentes e espíritos do local que ele havia chegado e estava indignado em iniciar a sua jornada com o rosto coberto por cuspe e terra.

As irmãs se abraçaram.

– Você consegue andar até a nossa casa? – Wāðsige olhou para a estrada, mas ninguém vinha de nenhum dos lados.

– Sim – Eithne assentiu com a cabeça.

A irmã mais velha cortou parte da saia do vestido e envolveu o sobrinho, que tremia de frio.

– Vamos seguir pela floresta – Barr apontou para o outro lado da estrada. – A distância é mais curta e a gente chega antes de escurecer de vez.

– É melhor – Eithne acariciou os cabelos ensebados do filho. – O vilarejo de Drust, de onde fugimos, está em chamas. E pode ser que mais *deles* venham por lá.

– Mataram todo mundo? – Ruadh arregalou os olhos.

Wāðsige assentiu com a cabeça.

– Poxa, eu tinha amigos lá – o menino baixou a cabeça. – A gente estava construindo um barco para ir pescar no lago. E a mãe de Drust, a curandeira, sempre fazia geleia de frutas para nós.

– Ela faria o parto de Fergal. – A mãe acalentava o filho.

– Vamos. – A irmã mais velha embainhou a espada. – Será mais seguro caminhar com a proteção das árvores.

– E dos espíritos das árvores. – Eithne beijou a testa do bebê, que parara de chorar e se aninhara nos braços da mãe. Bocejou.

Seguiram pela trilha estreita que somente os moradores daquela terra conheciam.

– Vocês passaram terra com cuspe em mim? – Ruadh encarou o irmão.

– Sim. – O mais velho afastou um galho para a irmã passar. – E além de nós, o pai, a mãe e o tio melaram você com a lama.

– Argh! – O menino balançou a cabeça. – Esse costume tinha que mudar. É nojento demais!

– Antes a gente mijava nos bebês – Wāðsige pôs a mão no ombro dele. – Mas isso deixou de ser feito há um bom tempo.

– Mijavam nos bebês? – Abriu os braços. – Isso é um absurdo! Depois reclamam que as crianças choram o dia todo. Acabamos de nascer e somos melados de lama. E ainda tinha a mijada quente na cara! *Tadinhos* daqueles que nasciam nesse tempo...

As irmãs riam, aliviadas por terem sobrevivido ao encontro com os invasores. O bebê Fergal dormitava e os irmãos seguiam bem à frente, tirando os obstáculos da trilha e sempre atentos às sombras que se adensavam.

*

– Porra! – Caden estava deitado sobre a grama ponteada de florezinhas brancas, lilases e amarelas. Seu rosto vertia suor e o peito subia e descia a cada inspiração engolida, ruidosa. – Meu coração vai explodir!

Seu pai, o druida, se sentara ao seu lado. Arrancou um talo de mato e pôs na boca. Respirava tranquilo como se não tivesse corrido e o seu rosto estava seco como a terra sob o sol. Bocejou e deu um peteleco em um besourinho que resolvera desbravar o seu braço peludo.

Uma lebre ficou sobre as patas traseiras para espiar quem invadira o seu território. Continuou a pastar tranquila quando os seus três filhotes se aproximaram, as orelhas sempre atentas e os pequenos focinhos farejando o ar em busca do cheiro dos predadores.

Mas só havia o fedor dos dois homens. E eles não exalavam perigo.

– Tenho muitas vezes a sua idade, meu filho, e não sou mole como você. Estou conseguindo ouvir daqui o seu coração tentando romper as costelas. E isso porque estou meio surdo – o druida cutucou o ouvido. – Você só não é pior que os bostas dos nossos perseguidores, que desistiram de nos seguir bem antes de atravessarmos o rio.

Gargalhou. E o som agudo ecoou pela planície até morrer na pequena colina que ficava na distância de um tiro com o arco.

– O que você fez? Comeu a mulher de algum deles? – Caden ainda tentava acalmar o seu coração.

– Não. Pelo menos não que eu me lembre... – O Druida exibiu os dentes pretos. – Eu apenas lhes contei um presságio, mas eles entenderam tudo errado. E quem é estúpido sempre se fode.

– Não sei se quero saber o que você falou – Caden se sentou e passou a mão sobre a testa, limpando o suor que escorria e deixava os seus olhos avermelhados, ardendo.

– Ah, você quer! Você é curioso como um filhote de cão que vai cheirar os cus dos irmãos só para saber o que comeram no desjejum! – O pai estalou os dedos nodosos.

Caden se manteve em silêncio. Já conhecia o velho. Não demorou nem um piscar de olhos para ele começar a falar.

– Bem, eles vieram me procurar na lua cheia. – O pai cruzou as pernas e pôs as mãos sobre os joelhos. – Queriam saber se teriam boa sorte em lutar contra os...

– Quieto! – Caden olhou para trás.

– Ei, não me mande calar a boca! Além de seu pai, eu sou um feiticeiro poderoso e posso fazer o seu pau...

– Quieto, porra! – Caden se levantou quando o chão começou a tremer. E voltou a se deitar depressa como um rato que tenta se esconder de uma águia. – Deita, velho! Deita logo, porra!

A lebre e os seus filhotes fugiram, e até mesmo um bando de pardais que comia as sementinhas da grama alta levantou voo, pousando bem à frente.

O pai obedeceu e, momentos depois, a cerca de cem passos de distância, a grande coluna surgiu, tal como uma serpente de couro e aço, ponteada por lanças e estandartes vermelhos. As pisadas ritmadas levantavam uma nuvem de poeira na estrada seca pelos dias sem chuva, apesar do céu encoberto e de os trovões ribombarem de forma estranha de tempos em tempos.

Pai e filho, deitados lado a lado, observaram o exército passar, ladeado por cavaleiros cujos belos animais se trajavam melhor que muitos guerreiros do bando de Caden.

– Pelas pregas do cu de Aengus! – O pai se ajoelhou. – Você viu o tempo que demorou para o exército passar? Nem que todos os povos daqui se unissem, nem que mulheres, velhos, crianças e cachorros lutassem lado a lado, teríamos chances contra eles.

– E ainda há mais desembarcando na praia... – Caden esfregou os olhos. – E, pelo que vi, a cavalaria não está marchando com eles. Não por completo. Bláan me disse que havia tantos cavalos como nunca vira antes.

– É, estamos mesmo fodidos! – O druida se levantou e estalou as costas. Passou os dedos pelos fios grossos da barba.

– Estamos? – Caden se ajoelhou ao lado do pai. – Eu vim buscar o seu conselho, mas vejo que não há o que ser feito.

– Há uma coisa – o druida olhou para o céu, que começava a perder a claridade. – Mas não sei se você estaria disposto a isso.

– Fale!

Não houve tempo. Os seus perseguidores surgiram no topo da pequena colina que ficava a menos de cinquenta passos, à esquerda de onde estavam. E eles precisariam correr de novo.

*

– Achei que vocês estavam mortos! – Bláan abraçou cada um dos filhos. O caçula gemeu ao ser esmagado pelos braços cobertos de cicatrizes, grossos como troncos.

– Se continuar me apertando, eu tenho certeza de que vou morrer – o moleque fez uma careta quando o pai o soltou.

– Deixe-me ver o meu neto, minha filha. Como ele se chama? – Bláan parou na frente de Eithne, que trazia o bebê nos braços.

– Fergal. – Eithne entregou o bebê ao avô, que logo o ergueu acima da cabeça. – Como o seu pai.

– Fergal, que Andraste te abençoe! – Bláan falou a plenos pulmões. O bebê se assustou e começou a chorar. – Que você tenha saúde! Que você tenha força! Que você tenha sabedoria! Que você tenha vontade de lutar!

O avô se agachou e pegou um punhado de terra no canteiro onde as suas filhas plantavam alho. Cuspiu nele, formando a lama com a qual besuntou a testa do netinho, que berrava como um borrego faminto. Beijou a testa de Fergal, cujo choro potente fazia os cães uivarem, e o entregou à filha.

– Vão descansar. A nossa casa está segura. – Deu um sorriso retorcido por causa da grande cicatriz que lhe sulcava o lado direito do rosto, mas esse logo esmoreceu. – Pelo menos por enquanto. Eu sinto pelo que aconteceu na aldeia de Drustan. Sei como amava a curandeira. Nossos batedores nos contaram. Se Andraste nos permitir, minha filha, todos os nossos bons amigos serão vingados.

A jovem nada disse, apenas assentiu com o rosto tristonho, acalentando o pequeno Fergal que berrava indignado por novamente ser melado com cuspe e lama.

A esposa de Bláan, que fora a primeira a abraçar os filhos, aos prantos, quando eles surgiram no portão da aldeia, voltou trazendo um punhado de ervas frescas, muito cheirosas, que usaria no primeiro banho do neto. Entoaria canções a Alaunus, Andarta, Ogmius, Smertrios, deuses muito cultuados nas terras além-mar onde nascera e que ela nunca deixara de adorar, mesmo após tantas primaveras vivendo na grande ilha.

– Barr, você fica aqui. Quero saber mais sobre o exército *deles*. – Bláan, por instinto, segurou o punho da sua espada.

O jovem assentiu e se sentou ao lado do pai. As irmãs entraram na casa circular, seguidas por Ruadh. O menino teria preferido ficar e conversar com os dois, mas fora incumbido de trazer um balde de água, que carregava com esforço.

Ao redor da paliçada que circundava toda a aldeia, vigias estavam atentos. O grande exército que viera do mar marchara para oeste, seguindo para longe dali, mas em tempos de guerra os cuidados precisavam ser redobrados. Ainda mais que, perto do meio do dia, dois batedores surgiram atrás da plantação de cevada. Observaram tudo sem qualquer preocupação em se ocultar e partiram a galope quando seis cavaleiros enviados por Bláan foram interceptá-los.

– Me diga, filho, o que você viu? – O sol avermelhado coroava o horizonte, bem na direção para onde *eles* marcharam.

– Eram muitos. Muitos mesmo. – Barr pegou a sua lança e começou a riscar quatro linhas compridas e paralelas no chão de terra batida. – *Eles* seguiam em quatro fileiras que marchavam lado a lado. E ainda havia cavaleiros. Pelo que contei, mais de trezentos. E você sabe que sou muito bom em fazer contas.

O pai esfregou a barba, pensativo, e olhou para dentro da

sua casa. Ouvia o choro do neto, mas nada pôde ver além da claridade do fogo, que deixava a entrada com um brilho amarelado diáfano.

As galinhas ciscavam o chão de terra batida, em busca dos bichinhos incautos que sempre apareciam nesse momento do dia. E os gatos, com seus olhos aguçados, espreitavam os insolentes ratinhos que sempre afanavam grãos, carnes defumadas e pedaços de pão.

As grandes dobradiças de ferro rangeram quando o portão foi fechado. Os vigias continuariam a sua ronda por dentro da paliçada. Apenas Manco, um velho guerreiro que perdera três dedos do pé direito depois de ter a sua bota trespassada por uma lança, resolvera acampar debaixo de um carvalho, na colina onde o sol nascia.

– A noite vai ser boa, de céu estrelado – olhou para cima. As nuvens esbranquiçadas dominavam tudo. – Eu fico aqui. Se ouvirem a minha corneta devem se arrumar depressa, porque eu não conseguirei conter o exército sozinho.

Gargalhou, sorveu o restante da cerveja da sua caneca e seguiu mancando, enquanto Bláan, seu velho amigo, o observava, inexpressivo.

As pessoas já começavam a retornar aos seus lares, pois o dia morrera dando lugar à noite. Os animais eram recolhidos, as crianças se preparavam para a ceia antes do sono e os homens continuavam irrequietos, pensando se os Deuses seriam generosos com eles e evitariam o conflito com os poderosos invasores.

– Toutatis nos proteja. – Uma mãe queimou um punhado de ervas e aspirou a fumaça. Tossiu. – Que *eles* não nos vejam. Que nós nos tornemos sombras. Que os invasores saiam das nossas terras!

A filhinha, que dormia sobre peles, espirrou sem acordar, e o marido segurou o punho da sua espada, com a qual passaria a noite. Um ratinho preto aproveitava a distração dos anfitriões para roer um pedaço de pão sobre a mesa.

– Toutatis, que eles adoeçam! – Em outra casa, uma velhota quase cega furou a mão com uma agulha grossa. O sangue chiou ao pingar sobre as brasas – E morram vomitando as tripas!

– Que venham! – Um jovem passava uma pedra no fio da espada que pertencera ao seu pai, morto na invasão em que também tombara o marido da filha de Bláan. – Que venham...

A noite seguiu silenciosa. Até começarem gritos no portão.

*

– Não seja mole, filho! – O velho druida saltitava com a leveza de uma garça que corteja a fêmea. – Você parece que tem betume dentro dos pulmões. Está ofegando como um cão velho.

O pai estava ao lado de Caden, que suava e arfava alto, o rosto vermelho como os pelos de um esquilo. Por sorte, seus perseguidores também mal aguentavam correr, as pisadas claudicantes pelas pernas que agora pesavam mais que chumbo.

– Que merda! – O mais roliço tropicou nos próprios pés e caiu de cara no chão. Levantou com dificuldade, o rosto sujo e o nariz e a testa ralados. – Velho maldito que não para de correr!

– Vamos, Leitão! Eles não podem fugir para sempre! – A voz do baixinho de cabelos acobreados mal saiu. – Vamos acabar com isso!

O gorducho voltou a trotar, praguejando.

– Respira fundo, Caden, que já estou vendo a paliçada. – O colar de ossos tilintava e a boca assoviava uma melodia que lembrava o canto de um melro.

A quinze passos do portão, o líder daquela aldeia berrou com o último fôlego que lhe restava no peito:

– Abram o portão!

– É o Caden! – O vigia no tablado no alto da paliçada gritou.

Os dois homens lá embaixo abriram a pesada tranca de ferro e empurraram o portão feito com tábuas e toras grossas. Pai e filho entraram e os guerreiros fecharam o portão em seguida. Os perseguidores ainda estavam a cerca de quinze passos de distância. Estacaram.

Caden desabou no chão, as mãos na barriga, a boca procurando o ar tal como um peixe recém-fisgado. Seu pai subiu ligeiro na paliçada e ficou ao lado do vigia, que o olhava, confuso.

O velho assoviou. E acenou para os três perseguidores, que já começavam a fazer o caminho de volta, todos com as costas arqueadas, tão exaustos quanto Caden. Eles se viraram quando ouviram o berro estridente:

– Ei, seus bostas de bode! – O pai de Caden se apoiou na paliçada. – Sim, seus fedorentos. É com vocês que eu estou falando.

– Velho de cu frouxo! – O baixinho se adiantou. – Você só é corajoso na proteção da paliçada.

– Eu faço você engolir os seus dentes quando eu quiser, seu fodedor de porcos! – O druida cerrou o punho. Caden seguia deitado no chão, arfando.

– Você só fala isso porque tem a proteção do seu filho, seu velho comedor de lesmas! – O homem apontou para ele. – Se fosse tão forte, seu merda, não teria fugido como uma perdiz medrosa!

– Já cacarejou o que tem para cacarejar, Fingal? – O velho druida abria e fechava a mão, imitando um bico. – Agora fecha essa boca com cheiro de cu de bode e me escute. Vamos todos morrer!

E a turba que começava a se amontoar lá embaixo grunhiu em uníssono. Os homens tocaram as virilhas, as mulheres os seus amuletos e até mesmo os cães uivaram. A noite reinava com o céu encoberto e sem estrelas. Tochas foram trazidas e mal se viam os três perseguidores lá fora.

– O que o teu pai tá falando? – Bláan cuspiu.

– A verdade. – Caden se levantou com o rosto retorcido em uma careta de dor. – Infelizmente, a verdade.

– Abram o portão! – O druida ordenou. – Vocês podem entrar e ninguém vai lhes fazer mal.

– Se eu entrar aí, velho, vou cortar os seus bagos e dar para os meus cães comerem – Fingal sacou a espada.

– Cale a boca e vem logo, porra! – O velho cuspiu. – Você acha que tenho tempo para ouvir você matraquear?

– Ele vai mandar nos matar! – Leitão puxou o ar com força pela boca, as mãos na cintura, o sangue misturado com o suor que escorria do seu rosto. – É uma armadilha!

– Até um lanceiro vesgo consegue acertar vocês a essa distância, ainda mais com a pança desse tamanho! – O druida desceu da paliçada e foi até o portão aberto. – Venham aqui pra dentro. Precisamos conversar.

Os três se entreolharam, os rostos tensos, pintados de medo. Trocaram algumas palavras rápidas e caminharam hesitantes até o portão aberto, que tinha a altura de dois homens. E, segurando os punhos das espadas, adentraram a aldeia de Caden, onde, além dos guerreiros em vigília, uma dezena de pessoas já se ajuntava.

– Sejam bem-vindos, meus irmãos. – O druida abriu os braços. – A casa do meu filho é a sua casa.

– Não estou entendendo nada, Caden. – Bláan encarou o amigo.

– Nem eu...

– Parece que, depois que eu lhe passei o comando da aldeia e desisti de ser chefe, as coisas esquentaram por aqui. – Bláan sorriu para Caden.

– E eu te agradeço por isso – o filho do druida rebateu e continuou a observar o pai, enquanto o ar reencontrava o caminho até os seus pulmões.

– Sei que vocês estão zangados comigo. Sei que me chamaram de mentiroso, que querem arrancar o meu couro, cortar os meus bagos – o pai deu dois passos à frente e se aproximou dos três, assim como um cãozinho curioso que veio cheirá-los. – Vocês são estúpidos como um galo que levou uma pedrada na cabeça, mas sei que não é sua culpa. Nem todos os homens foram feitos para pensar.

– Se você nos chamou aqui para nos ofender, seu velho... – Fingal apontou o dedo para o druida. Recebeu um tapa na mão.

– Você acha que eu tenho tempo para gastar com você, feioso? – Foi a vez de o pai de Caden enfiar o dedo na cara de Fingal. – Eu não preciso humilhar ninguém, vocês mesmos fazem isso apenas por se levantarem a cada manhã. Apenas por existirem.

– Vamos embora, Fingal. – Leitão puxou o companheiro pelo pulso, mas ele se desvencilhou.

– Fale logo o que quer, velho!

– Mesmo sendo estúpidos como toupeiras, creio que sabem que estamos sendo invadidos. Que sabem que *eles* voltaram. – O pai de Caden cuspiu, e o cão que se coçava ao lado do Leitão veio lamber a gosma. – E desta vez vieram com muito mais gente.

– Sim, nós também vimos. – Fingal tocou o punho da sua espada para se proteger do mal.

– E vocês sabem que eles iniciaram a marcha, não é? – O druida apontou para o oeste. – Aquela multidão passou bem próximo da gente perto do rio. São tão confiantes que devem estar seguindo mesmo na escuridão!

– E nem foi todo o exército. – Leitão enxugou o suor da testa com a manga da camisa. – Ainda há muitos soldados na praia.

– Vejo que você não é tão parvo, Leitãozinho. – O velhote exibiu os dentes pretos. – E sei que consegue entender que iremos morrer!

Todos que estavam ali se entreolharam. Um pai, por instinto, pegou o filho pequeno no colo, e a velha cega, tia de Bláan, sentada no chão, murmurou algo para a gata preta aninhada sobre as suas pernas.

– Se o teu pai, tido como o mais sábio entre todos os que vivem, diz que vamos morrer, estamos mesmo fodidos, não é? – Bláan pôs as mãos no cinturão grosso de couro.

Caden, que bebia a cerveja trazida por Barr, deu de ombros.

– Eu vi o tamanho do exército. – Barr olhou para o chefe da aldeia. – Nunca vi tantos guerreiros marchando juntos. Eram tantos que a terra tremia. Eu fiquei... assustado.

– Eu sei, Barr. Eu também vi. Eu tive muito medo, quase borrei as calças. – Afagou os cabelos do moleque.

– Acho que o velho tem motivos para falar que iremos morrer. Ele sabe das coisas, e a minha mãe sempre diz que ele vê o futuro. – Barr abaixou a cabeça. Ergueu-a depressa quando o druida deu um berro estridente.

– Agora que tenho a atenção de todos, posso falar! – Bateu duas palmas. – Não preciso repetir que estamos fodidos até a última prega do nosso cu. Que não temos como nos opor a tal poderio. *Eles* podem nos extirpar da nossa terra como a enxada arranca a erva daninha do chão. E irão.

– Então temos que fugir? – Bláan coçou a cabeça.

– Se quer viver outras primaveras... – O druida o encarou com um sorriso meio torto. – Contudo, só os Deuses sabem qual é o nosso destino e quanto tempo durará a nossa vida. Pode ser que o navio que nos levará para longe *deles* naufrague. Ou que tenhamos diarreia e caguemos as nossas tripas até definharmos. Pode ser que a gente tropece em uma raiz e enfie os cornos em uma pedra pontiaguda e... fim.

– Então devemos ficar e lutar? – O pescador abriu os braços.

– Ou jurar lealdade em troca da nossa vida? – A queijeira apertava as mãos, aflita.

– De que adianta viver e sermos escravos? – A mãe de Barr, que acabara de chegar, se adiantou. – Nem eu, nem meus filhos, tampouco o meu neto que acabou de respirar o ar da nossa terra pela primeira vez, viveremos atados aos grilhões dos invasores.

– Então, o que faremos? – Blánn encarou o velho druida, que estava de cócoras desenhando no chão com a unha comprida algo semelhante a um falo, observado com atenção pelo cãozinho.

– Ainda bem que há um sábio entre vocês! – O pai de Caden balançou a cabeça. – Meu filho, o seu chefe, veio me procurar. E fez bem. Ele é um guerreiro corajoso e um líder justo, mas também não sabe pensar direito. Assim como Bláan também não sabe.

Caden nada disse, apenas sorveu o último gole da boa cerveja escura.

Os burburinhos se avolumaram e mesmo quem já estava recolhido dentro de casa vinha com tochas e lamparinas para perto do portão.

– O que está acontecendo? – Espirro fungou e coçou o nariz com o coto da mão decepada.

– O pai de Caden está falando sobre a invasão – Barr respondeu sem tirar os olhos do velho acocorado.

– Mas nada temam, eu tenho a solução. Eu sei como a gente pode subjugá-los! – O druida se levantou num pulo, assustando a queijeira, que gritou e pôs a mão no peito. – Como podemos dar um golpe mortal neles!

O pai de Caden girou olhando cada um dos presentes, em silêncio, a expressão em seu rosto leve, quase triunfante.

Ergueu as mãos e soltou um peido tão ruidoso que fez o cãozinho ao seu lado uivar.

– Vamos vencer com um peido? – Ruadh, que acabara de chegar, não conteve o riso. – Sei que está fedendo que nem ovo podre, mas acho que não é o suficiente para matar todo o exército inimigo!

– Não, pequeno Ruadh – o velho gargalhou. – Não será um peido fedorento que expulsará os invasores, mas sim...

O pai de Caden desabou. Os olhos vidrados e o rosto retorcido como uma raiz de mandrágora.

– Isso é hora para brincadeiras, pai? – Caden se aproximou.

– Ele não está brincando, Caden. – A tia cega de Bláan continuava acariciando a gata preta que olhava para o céu e miava. – A alma dele acabou de subir, eu vi.

Caden se agachou ao lado do druida. O cãozinho choramingava e lambia a mão do velho.

– Alguém ilumina aqui! – Pôs o ouvido próximo à boca do pai. – Não escuto nada! Ele não está respirando!

– Ele morreu? – Ruadh veio e cutucou a bochecha do velho. – Eita, acho que ele morreu mesmo!

Caden se levantou, absorto, e olhou para o seu povo, tão confuso quanto ele.

– Que você encontre o caminho até os nossos antepassados, meu pai. – Virou-se novamente para o corpo do falecido e fechou os seus olhos. – É possível que muito em breve nos reencontremos.

– E agora? – Bláan tocou o ombro do amigo. – O que faremos?

– Voa, meu amigo, voa!! – A tia cega de Bláan acenou para o céu e ofertou um sorriso de dentes faltando. – Vai fazer bagunça no outro mundo!

Caden nada disse. Seus olhos estavam vermelhos e a sua boca ressecada. Caminhou arrastando os pés até a sua cabana, gemendo a cada passo.

– Caden, aonde você vai? – Bláan abriu os braços. – Seu pai está... morto.

– Caden! – Espirro reforçou o coro. – O que a gente faz?

– Caden! Volta aqui – Bláan gritou.

O chefe da aldeia entrou curvado na sua cabana e trancou a porta. Jogou-se na cama recoberta por peles e desmaiou, exausto.

Enquanto isso, perto do portão, os três perseguidores que havia pouco queriam matar o druida estavam absortos. Leitão, de olhos fechados, rezava para que o espírito dele falasse pela boca de alguém como seria possível derrotar os poderosos invasores.

– Vai, velho! – O gordo olhou para cima e acenou, como se esperasse ser visto. – A gente tinha as nossas desavenças. Eu me fodi por seguir o seu conselho, mas não ia te matar de verdade. Como a gente se livra *deles?*

Apenas o silêncio da noite sem lua e sem estrelas magoava os seus ouvidos.

– Levanta, Bláan, você aguenta! – Caden fincou a lança no peito do inimigo que investiu contra ele. O jovem caiu para trás com a arma presa à carne. A sua montaria, um grande cavalo preto, fugiu em disparada, trombando em um gorducho careca que caiu desacordado e com o nariz quebrado vazando sangue, que se entranhava pelo bigode castanho.

O filho do druida sacou a espada e aparou um golpe de machado que racharia a cabeça do amigo prostrado de joelhos, com um grande talho no lado direito do rosto. Acertou o queixo do oponente com a borda do escudo redondo ornado com uma tríscele verde pintada sobre a madeira. O homem de nariz torto cuspiu alguns dentes e um pedaço da língua. Cambaleou para o lado e foi morto por um golpe de machado que deixou a sua cabeça pendente, desferido por Espirro.

O jovem guerreiro berrou e decepou a perna de outro oponente, logo abaixo do joelho. Berrou ainda mais alto quando lhe cortaram o lombo. O golpe forte rasgou os elos de metal da sua armadura e a sua carne. Não foi profundo e não impediu que Espirro se virasse ligeiro e afundasse a lâmina pesada do machado na têmpora do homem, *cujo elmo não o protegeu.*

Bláan pôs as mãos no chão, *em torno da poça de sangue que vazava pelo ferimento feito pela lâmina bem afiada do bretão da tribo dos trinovantes. Este morrera ao ter a barriga coberta pela malha de metal varada pelo chefe da aldeia com a espada cujo cabo de bronze, revestido de couro, lembrava a figura de um homem, a cabeça e os braços no pomo e as pernas na guarda.*

– Levanta, Bláan! – Caden aparou um golpe de espada com o

escudo e estocou bem no joelho desprotegido do oponente, rompendo ligamentos e fraturando ossos. O magricela de cabelos trançados guinchou de dor e foi morto por uma flecha que se cravou na orelha esquerda. – Vamos, porra!

O velho chefe cuspiu sangue, puxou o ar com força pelo nariz e berrou, exibindo a luz que entrava pelo rasgo na bochecha.

– Por Andraste! – Ergueu-se com dificuldade por causa de um corte na canela, feito por uma lança atirada no começo da batalha e que o atingira dois dedos acima da bota de couro de carneiro. – Se eu sobreviver, Caden, juro pela Deusa que te farei chefe da aldeia!

Caden gargalhou e chutou a cara de um moribundo que tentava agarrar as suas pernas. Os dentes e a alma dele voaram para longe.

Bláan estocou contra um trinovante baixinho que tentara cortar o seu peito, mas a boa armadura de couro endurecido o protegera. Enfiou a espada no estômago do inimigo, e a ponta só parou de avançar nas entranhas quando encontrou o osso da coluna.

O pequeno escudo redondo de Caden se rachou em dois com uma machadada violenta. Ele estocou contra o oponente, mas a sua própria lâmina foi repelida pelo escudo oval, revestido de couro tingido de vermelho e pintado com a figura de um cervo branco. Uma nova machadada quase rachou o seu crânio, mas um pulo no momento preciso fez o aço passar a menos de um palmo do seu rosto. A lâmina que herdara do irmão mais velho, morto em sua primeira batalha, sentiu o sabor do sangue quando pinicou o guerreiro largo como um urso bem entre as costelas, fazendo-o tombar aos prantos, um miado que saía chiado e com uma espuma sanguinolenta.

Bláan, mancando muito, correu até o chefe da tribo rival, que acabara de matar o filho do seu irmão, encerrando a sua linhagem, pois o pai tombara nos primeiros instantes da luta. E, numa fúria semelhante àquela dos possuídos pelos espíritos, golpeou o inimigo, rachando elmo, crânio e fazendo o cérebro dele espirrar no seu rosto e nos que estavam ao seu redor. Os trinovantes se renderam, largando as armas no chão e mostrando as mãos espalmadas enquanto se prostravam de joelhos.

Os homens do chefe Bláan tinham vencido a batalha e, ainda no campo coberto por corpos, ele berrou:

– Andraste poupou a minha vida. E eu irei cumprir a minha promessa! – O sangue empapava a sua armadura de couro encerado. – Caden agora é o seu chefe!

Desabou sentado e logo foi acudido pelo velho druida, pai de Caden, que observara a batalha de longe e agora besuntava o *rosto rasgado de Bláan com um macerado de mel, teias de aranha, alho e alguma outra coisa que fedia como o peido de um porco.*

Caden despertou suado devido ao sonho com a batalha, que voltou viva *à* sua mente. Levantou num pulo e bebeu toda a cerveja quase azeda da jarra, molhando as roupas e engasgando-se no final.

.

.

.

– Vamos jogá-lo no mar. Esse sempre foi o seu desejo! – Caden, com olheiras profundas, olhou para o céu agora limpo e estrelado, riscado por algumas nuvens. Ainda demoraria um bocado para o sol brilhar, mas as pessoas já haviam iniciado os seus afazeres. Fechou-os por uns instantes e ouviu as gaivotas gritarem, esperando pelas vísceras dos peixes fisgados durante a madrugada, que os pescadores limpavam na praia de areias grossas. A brisa fria trazia o cheiro do mar, que nunca lhe fora tão querido; afinal, preferia ter os pés fincados na terra firme. – O velho não queria ser queimado, tampouco enterrado.

– Quem sabe o seu pai realize um último feito? – Bláan apontou para o Sul, na direção onde *eles* desembarcaram. – Quem sabe não cai fogo do céu para torrar o rabo daqueles merdas?

– Será que um dia o poderoso druida já realizou algum? – Caden não se virou para o amigo, continuava a observar as águas escuras.

Bláan tocou a virilha para espantar a má sorte.

A menos de meio dia de caminhada, os invasores acampados se preparavam para dominar os povos da ilha. Ocupavam uma grande extensão da praia com as suas tendas e currais improvisados para os animais que atravessaram o mar revolto.

Caden e Bláan colocaram o corpo rígido do velho em um pequeno barco que fedia a peixe e não media mais que dez passos. Subiram na embarcação e pegaram os remos, que começaram a resvalar na água calma.

Afastaram-se um bocado da costa, onde as águas eram mais profundas. Ali, segundo contavam os antigos, viviam os monstros que iriam devorar o mais sábio druida de todos os tempos.

– Você é um merda, pai. – Caden amarrava as pernas dele com uma corda grossa de cânhamo trançado. Enjoado, lutava contra o desjejum de cerveja e toucinho que tentava sair do seu estômago e subir pela garganta. – Viveu mais que a maioria dos homens desta terra, e resolve morrer bem quando ia nos contar como sobreviver.

– Ainda não acredito que ele morreu. – Bláan amarrava a outra ponta da corda a uma pesada pedra que levaria o corpo do velho para o fundo do mar, porque, se ele boiasse e retornasse à praia, eles seriam assombrados pelo cadáver putrefato que retornaria à vida. – Ele parecia feliz quando chegou.

– Corremos o dia todo e ele sequer suou. – Caden fitou o rosto do pai, esbranquiçado, no qual a careta entalhada no instante da morte permanecia intacta. – Nunca vi alguém morrer assim, tão de repente.

– Parece que o espírito dele saiu do corpo. – Bláan tremelicou. Sentiu um arrepio percorrer a sua espinha. – Ou foi retirado.

O guerreiro que já lutara inúmeras batalhas, que já estivera frente a frente com a morte por tantas vezes, encarou o amigo com o medo escorrendo pela face.

Caden tocou a virilha.

– Será que há algum feiticeiro tão poderoso entre *eles*? – Caden olhou para uma gaivota que veio gritar logo acima do barco, mas partiu tão logo percebeu que não havia peixe. – Que conseguiu matar o meu pai sem sequer estar perto dele?

– Não duvido, Caden. – Bláan deu o último nó na corda. – Olha o tamanho do exército que *eles* trouxeram. Deve haver até mesmo mais de um feiticeiro entre *eles*.

– É, então estamos fodidos...

Caden e Bláan atiraram o druida no mar. O corpo amarrado à pedra afundou depressa, tendo apenas as bolhas e os amigos como testemunhas.

– Que Bedaius, Senhor destas águas, te receba! – Caden bateu com os nós dos dedos na testa.

– E que os monstros fiquem satisfeitos com a sua carne enrugada – Bláan emendou. – E que você realize um último feito!

– Eu não tenho essa esperança. – Caden olhou o amigo e balançou a cabeça.

Remaram de volta à praia, onde foram recebidos em desespero por Barr, Espirro e outros homens da aldeia, que estavam montados e trajavam as suas armaduras.

– Merda! – Caden cuspiu. – Não temos um instante de paz!

– Ainda bem que agora o chefe é você – Bláan gargalhou, mas não foi acompanhado pelo filho do druida, que remava forte até os guerreiros que o aguardavam.

*

– Matem esses carrapatos caídos do cu de um porco! – Caden berrou, o rosto melado de sangue que vertia de um rasgo no topo da sua cabeça. – Defendam a sua terra e a sua família! Matem! Matem!

O filho do druida trouxera cinquenta guerreiros, montados em seus bons cavalos, por uma trilha que cruzava a floresta e só o seu povo conhecia. Ainda mais porque cavalgaram boa parte do tempo no breu denso sob as copas das árvores, guiados apenas pela parca luminosidade das tochas.

Atravessaram o rio próximo onde Eithne dera à luz o pequeno Fergal e Wāðsige apontara a sua espada para o líder dos invasores. E avançaram por algumas milhas em direção ao exército de Cassivelauno, o rei mais poderoso daquelas terras, que pelejara durante a madrugada para tentar conter o avanço dos inimigos.

Cruzavam com feridos e com fugitivos desesperados, que mal conseguiam falar.

– Onde o seu rei está? – Caden segurou um moleque pela camisa.

O jovem nada disse, apavorado. Apontou a direção com a mão trêmula, se desvencilhou e continuou a fugir tal como um coelho quando sente a presença da águia. Deixou cair a sua espada enferrujada e sequer se deu conta. Corria como se demônios estivessem no seu encalço.

– Logo vocês irão ouvir os sons da batalha. Isso se algum dos nossos ainda estiver vivo. – Um velho que segurava o braço quebrado fez uma careta de dor. – Voltem para a sua aldeia! Fiquem vivos!

Bláan agradeceu com a cabeça e encarou Caden, que já instigava o seu cavalo a galopar.

– Viver hoje, morrer amanhã, morrer hoje, reviver amanhã! – Repetiu as palavras do seu pai. – Velho maldito, você não podia ter me deixado sozinho. Eu precisava de você comigo...

Seguiram adiante, com os corações acelerados e a respiração ofegante, assim como as dos cavalos que soltavam vapor pelas narinas. E cada um daqueles guerreiros clamava aos Deuses por ajuda, ainda mais quando começaram a cruzar com mortos e moribundos aos montes.

– Meus olhos! – O grandalhão ruivo berrava com a mão sobre o rosto ensanguentado. O braço esquerdo esticado e a mão espalmada denunciavam a cegueira. – Andraste, minha Deusa, me guia para casa...

Tropeçou em um morto e começou a chorar como uma criança que se perde da mãe.

Um garoto que cavalgava ao lado de Barr vomitou. E o filho de Bláan lhe deu dois tapinhas nas costas, ele mesmo lutando contra a vontade de regurgitar tudo o que tinha no estômago.

Dezenas de milhares de bretões vieram combater os invasores. Cerca de seis mil ainda lutavam contra um exército menos numeroso, contudo muito bem treinado e letal na sua organização. Os soldados vindos do continente, os invasores, aguentaram os ataques dos homens em bigas e da infantaria com poucas baixas. Em contrapartida, a águia de Roma havia cravado as suas garras sem piedade, deixando a planície coberta de corpos dos nativos.

E ela ainda estava faminta.

A planície que margeava o rio se tornara um lamaçal de terra misturada ao sangue, mijo e suor dos guerreiros e suas montarias. E as bigas puxadas por dois cavalos já não tinham mais liberdade para manobrar no chão forrado de cadáveres e agonizantes.

– Na-não me deixa morrer, pai! – O garoto, não mais que um menino, cuja lança quebrada ao seu lado era maior que ele, tentava estancar o sangramento na lateral da barriga, bem sobre o fígado. – Tá-tá doendo mu-muito.

– Você não vai morrer, meu fi... – O pai, ajoelhado, arregalou os olhos e tombou por cima do filho, que berrou de dor e de desespero. Nas costas protegidas apenas por peles, havia um pilo cravado bem fundo. Morreram juntos.

– Recuar! – Cassivelauno atirou a sua última lança, que foi repelida pelo escudo em formato de torre de um dos soldados. – Para a floresta!

Uma seta disparada por uma das balistas na retaguarda passou a cerca de dois palmos do seu peito e acertou o guerreiro que estava atrás do rei, trespassando-lhe a barriga. Caiu da biga e teve a cabeça esmagada pela roda de outro carro que vinha veloz, puxado por dois cavalos.

Muitos guerreiros bretões tinham fugido no início da batalha, ao perceber que não poderiam subjugar os invasores. Outros tantos, feridos, mas ainda em condições de correr, não hesitaram em dar as costas aos inimigos e partir.

Não havia lealdade ou vontade de lutar que superasse o

medo. Cassivelauno era o maior dos reis daquela ilha, mas não era o único, e cada pequeno poder sempre buscava a própria sobrevivência, inclusive jurando lealdade ao inimigo.

Caden e os seus, que chegaram no final da batalha, ainda tinham o sangue quente correndo nas veias e atacavam com fúria a retaguarda do exército *deles*. Contudo, os invasores possuíam uma estratégia impecável.

– Merda! – Caden pôs a mão na cabeça quando a ponta aguçada do pilo rasgou o seu couro cabeludo. Dois dedos para baixo e ele estaria junto do seu pai e irmãos. Não pôde investir contra o atacante, então fez jorrar a sua raiva contra um dos homens da linha de frente, talhando-lhe o rosto mal protegido pelo escudo.

Bláan atirou uma lança que se cravou na coxa de um soldado. Este caiu sentado no chão e foi pisoteado pelo cavalo de Fingal, que no dia anterior tentara matar o druida, mas agora decidira acompanhar Caden.

Espirro, o Maneta, tinha a rédea enrolada no seu coto e, apesar da falta da mão, conseguia manobrar muito bem a égua preta. Investiu contra um soldado que armava uma balista e enfiou a ponta da lança na sua goela. A arma já havia ceifado a vida de dezenas de homens do exército de Cassivelauno, que lutava a cerca de duzentos e cinquenta passos dali.

– Seu lambedor de cu! – Leitão se dobrou de dor sobre o seu cavalo marrom quando um gládio cortou a sua barriga. Desceu a espada com força, e o peso do seu braço a fez afundar o elmo do soldado, que morreu no mesmo instante, com sangue escorrendo pelos olhos e pela boca. Por sorte, a gordura abundante não permitiu que a lâmina alcançasse o seu estômago.

Barr acabara de tombar da égua. Morreu com o peito trespassado pelo pilo atirado por um soldado a vinte passos de distância.

Bláan, vendo a ruína do filho, avançou furioso, talhando, estocando, rompendo a massa de soldados que também o feriam. Mas ele estava tomado pelo ódio. Pulou da cela e enfiou a sua espada na barriga do invasor que, mesmo protegida pela placa de metal, foi perfurada até a ponta da arma sair pelas costas.

O velho pai morreu tal como um besouro que tenta invadir uma colmeia e leva dezenas de ferroadas. Não sem antes levar junto a si, para o outro mundo, oito *deles*.

Do outro lado do campo de batalha, Cassivelauno fugia, os cascos dos cavalos e as rodas de madeira da biga sulcando a grama amarelada. Duas centenas de guerreiros a pé ainda lutavam, não por coragem, mas porque não poderiam dar as costas ao inimigo sem serem mortos por projéteis afiados.

Os invasores se reorganizaram depressa e batalhavam nas duas frentes como se fossem um rochedo intransponível, que se mantinha ileso às pancadas das ondas.

- Eles estão vencendo, mas podemos mandar muitos deles para o outro mundo! – Caden berrou, o rosto endurecido, o sangue vivo vertendo do corte no topo da cabeça. – Honremos os nossos mortos! Matem! Matem!

O chefe daquele pequeno bando instigava os seus homens, mas vinte cavaleiros já haviam tombado e levado cerca de setenta invasores para o outro mundo.

– Vamos embora! – Espirro afundou o elmo de um velhote com um golpe violento da sua espada, e o sangue pintou o rosto do homem de vermelho. Ele caiu e fez um dos invasores que investiam contra o chefe dos guerreiros tropeçar e ser trespassado na coluna por Caden. – Eles estão fugindo!

Caden viu as bigas do rei Cassivelauno debandando pela pequena colina.

Rosnou.

Decepou o braço de um soldado que tentara lhe rasgar a canela com o gládio, mas a boa bota de couro reforçado com tiras de ferro segurou bem o golpe.

– Recuar! – o chefe gritou para os quinze cavaleiros, que obedeceram ao chamado e galoparam em direção ao rio.

Não foram perseguidos, pois o exército vindo de Roma berrava em uníssono, comemorando a vitória naquela batalha e a fuga dos nativos da terra.

*

Rugiu o céu limpo da manhã ensolarada que se seguiu à morte do druida, o mais velho entre os mais velhos, aquele que transpusera as barreiras do seu nome e agora era conhecido apenas como O Druida, aquele cujas lendas diziam ser tão antigo quanto os altos carvalhos e faias dos bosques.

Não foi um trovão normal, foi um urro de raiva seguido por um adensar de nuvens pesadas cinza-chumbo, que não eram para estar ali e se formaram em um piscar de olhos. E, depressa como surgiram, começaram a irradiar um azul maligno de raios que desciam do céu como as raízes da Árvore-mãe. E outros trovões tão fortes quanto o primeiro faziam os invasores e os bretões se encolherem de medo.

Um assovio que lembrava o grito de agonia de uma alma vagante viajou veloz sobre as águas até então calmas do mar, que começaram a se agitar e a chacoalhar em desespero. Irrompeu uma tormenta furiosa, como se Nodens e Bedaius jorrassem a sua ira na forma de fortes ondas contra os barcos e os navios invasores que vinham do continente.

– Por que Netuno se enfureceu? – um dos soldados na praia berrou para o homem ao seu lado. – Será que não lhe fizeram as devidas oferendas antes de começar a viagem?

O amigo deu de ombros e se encolheu quando um raio caiu na água rasa. Tendas voavam com a ventania, cavalos tentavam arrebentar os cercados e até mesmo os bravos centuriões sentiam as pernas fraquejarem.

– Aquilo, o Senhor dos Ventos também está revoltado! – Um dos que ali estavam segurava o cordame que atava a sua barraca ao chão, mas não pôde competir com a força dos ventos.

– Veja os nossos navios! – Outro apontou para o mar, onde as embarcações adernavam e afundavam.

Quarenta não chegaram à ilha. Outros tantos que já estavam ancorados sofreram avarias. E centenas de homens a mando de Roma foram alimentar os monstros no fundo do mar onde jazia O Druida.

MORTES

MUITAS DÉCADAS DEPOIS. MAIS QUE A VIDA DE UM HOMEM... COMUM.

– Se vocês temerem a Morte, ela virá afagá-los nessa batalha. Mandará Ankou, o seu arauto, arrancar as suas almas da carne!

Os guerreiros tocaram as virilhas e os seus amuletos a fim de espantar o mau agouro que o nome desse ser trazia. Mesmo quem estava bêbado demais e mal conseguia se manter em pé fez o movimento rápido para se proteger.

O velho de cabelos brancos brilhantes, assim como os seus dentes orgulhosos em um belo sorriso emoldurado por lábios finos, meio ocultos pela barba bem aparada e que cheirava a lavanda, olhou para cada um dos que ali estavam, sem pressa, o rosto feliz, contrastando com os daqueles que pelejariam em breve.

Corvos grasnavam pousados em um amieiro próximo. Esperavam, pacientes, o banquete de carnes fartas que logo viria. Mais distantes, fora dos limites da fortificação, escondidos entre as árvores da floresta, homens, crianças e mulheres esperariam o fim da matança para pilhar os corpos em busca de qualquer coisa de valor: joias, moedas, armas e até mesmo bons nacos de toucinho defumado e peixe seco. Não se importavam com quem venceria a contenda; afinal, seguiriam atolados na mesma merda de sempre.

Todos os cães da matilha latiam, parando de tempos em tempos para tentar assassinar as incômodas e vorazes pulgas que não respeitavam o momento de tensão. Os cavalos estavam agitados no cercado e um jovem pastor tinha dificuldade para contê-los, tendo de desviar dos coices em sua direção. Até mesmo as galinhas haviam se recolhido. Apenas dois grandes porcos capados, que não escapariam da faca antes da chegada do inverno, dormiam tranquilos na lama.

O velho, trajado apenas com uma camisa de linho tingido de laranja e uma calça feita de couro de ovelha, sustentada por um cordão grosso de cânhamo trançado, onde estavam atados uma bolsa de couro de um lado e um odre feito de pele de cabra cheio do bom vinho herdado de um decano romano morto do outro, prosseguiu:

– Se vocês desejam viver até os seus filhos e barrigas crescerem; se anseiam envelhecer até os seus pintos se tornarem tão molengas quanto vermes mortos, então, meus irmãos, louvem a fúria, a guerra, Andraste!

Dois mil guerreiros berraram e ergueram as suas armas e escudos. Uns ostentavam ótimas espadas e grossos torques de ouro. Outros vinham munidos de forcados, foices, podões e fé.

Eles escutaram o discurso proferido do alto de um antigo carvalho, um dos últimos daquela região que não fora cortado para se tornar um navio ou uma moradia. Era sagrado para os icenos, o povo que ali habitava, pois diziam que o Deus Belatucadrus havia matado um grande urso-demônio debaixo daquela árvore e cortá-la traria a besta de volta à vida.

Estavam dentro de um grande castro fortificado, que ficava em uma pequena elevação erguida pelos seus ancestrais com cascalho na planície ladeada pela floresta, de um lado, e pelo pântano do outro, ao contrário de outros fortes construídos em cima de colinas. Era cercado por um grande fosso circular com dez, doze palmos de profundidade e um anel interno de terra bem compactada, na altura de um homem.

Lá fora, o grande exército romano, comandado por Publius Ostorius Scapula, o general que governava aquela ilha, se preparava para esmagar os rebeldes que nunca se submeteram ao seu comando. As balistas atiraram os primeiros projéteis, que bateram no muro de terra ou se fincaram nas construções de madeira.

Contudo, eles tinham centenas de projéteis para gastar.

– Quero uma vitória rápida. – Publios, montado em uma bela égua branca, encarou o centurião chefe. – E não quero perder muitos homens. Ainda temos que seguir para o Norte e mostrar quem manda aqui. Se essas rebeliões continuarem, podemos perder o controle.

O centurião assentiu com a cabeça e voltou para repassar aos berros as ordens aos seus subordinados. E cada um deles avançou até os soldados sob o seu comando para transmitir a mensagem.

Uma trompa soou e ecoou aguda pela planície e pelo castro.

– Lá vem a cabeça da rola! – O velho apontou para o exército romano. – Lembrem-se, meus irmãos, temos que decapitá-la sem dó, pois se hesitarmos, se falharmos, ela nos foderá até no outro mundo!

Cerca de três mil soldados iniciaram a marcha, compactos, com seus grandes escudos em formato de torre lado a lado, formando um bloco maciço que estava a cerca de trezentos passos de distância e avançava sem pressa, coeso, organizado.

– Vamos mostrar a esses pedaços de merda como lutamos. Vamos chutar esses rabos sujos para fora da nossa ilha! – O velho pulou de cima do galho do carvalho com a agilidade de um gato. Caiu com os dois pés no chão relvado e rolou para amortecer o impacto. Correu para a borda do castro, onde havia a parede de terra, que escalou depressa. Baixou a calça e começou a balançar o pinto. Virou-se e começou a abrir e fechar o próprio traseiro, como se fosse uma bocarra banguela.

– Eu queria ter tomado a mesma coisa que ele para ficar desse jeito! – O molecote se apoiava na sua lança, mordiscando o lábio, frenético.

– Andraste é que lhe dá essa coragem. – O homem ao seu lado apertou o punho da espada. – Ele consegue falar com a Deusa. E, se está empolgado, ela deve ter lhe sussurrado sobre a nossa vitória nos seus ouvidos.

O jovem sorriu. Um projétil se cravou a cerca de dois palmos do seu pé.

– Seus frouxos! Vocês vão sentir o gosto do meu rabo em suas bocas antes de morrer! – O velho encarou os romanos que marchavam coesos, encurtando a distância. Os projéteis continuavam a voar, mas sem causar vítimas entre os defensores, exceto por uma mulher curiosa que subiu na parede de terra e teve o bucho trespassado por um grosso dardo. – Vou esfregar o meu cu em cada um de vocês!

Os bretões, com novo ânimo, gritaram embalados pela visão da bunda branca do velho e pela raiva de ver a mulher agonizando no chão. Estavam prontos para conter a invasão, guiados pelo poderoso druida que ali estava.

– A Deusa Andraste está nos observando. – Um guerreiro bretão com os braços cobertos por tatuagens e o cabelo loiro bem trançado ergueu a sua espada, cuja guarda de ferro fora forjada no formato de duas cabeças de cavalo. – Ela sabe que somos os donos dessas terras. Ela nos dará a vitória!

Um dardo se cravou no chão perto do pé do druida, que zombou mais uma vez.

– Lutem como homens! – o druida berrou. – Quero quebrar os seus narizes com os meus punhos!

Outro dardo passou rente à sua orelha.

– Até mesmo uma velha de olhos esbranquiçados tem melhor pontaria – gargalhou.

Então tudo escureceu.

*

– Será que eu lambi o cu de um romano? Que gosto de merda! – O velho tentou se sentar. Tombou deitado sobre a cama de palha forrada por peles. – Que dor de cabeça!

Pôs a mão na nuca e sentiu o caroço quente e muito inchado. Abriu os olhos grudados com remelas. Viu apenas vultos na claridade indistinta.

– Ele acordou! – Uma vozinha de criança foi seguida de passos apressados no chão de terra batida. – Mamãe, ele acordou!

– Mamãe? – O velho se sentou com dificuldade, os sinos badalando na sua cabeça, os olhos muito embaçados e uma vontade de vomitar que lhe azedava a boca. – Onde estou?

– Fergal, você está na minha casa. – Um homem se agachou ao lado do velho. – Por pouco você não morre e...

– Que por pouco eu não morro, percebi. – Piscou algumas vezes tentando recobrar a plena visão. Gemeu. – Parece que fui pisoteado por um cavalo.

– Tome um pouco, mestre Fergal. – A mãe lhe entregou uma caneca de madeira. – Vai ajudá-lo a se recuperar.

– Ganhamos a batalha? – O velho deu um gole na sidra de maçã misturada a ervas e raízes trazida pela sua anfitriã, o que ajudou a tirar um pouco do seu enjoo, apesar de a cabeça ainda latejar muito.

– Fomos massacrados! – O homem, que tinha bandagens no braço e no peito, balançou a cabeça. – Por sorte consegui fugir e te trazer até aqui.

– Pelas tetas de Andraste! – O druida tentou ficar de pé. Caiu sentado e levou a mão à nuca dolorida. Praguejou e uma das lamparinas a óleo se apagou. – Perdemos?

– Não conseguimos resistir à investida. – O anfitrião se sentou no chão e sorriu para a mulher, que lhe entregou uma caneca de madeira com a boa sidra. – Esses malditos são invencíveis.

O garotinho de seis primaveras, que estava agarrado à saia da mãe, correu até o banco de madeira onde deixara o seu copo de chifre e voltou tão ligeiro quanto foi. Estendeu-o em direção à mãe, que colocou um dedo da bebida adocicada e pouco alcoólica. Sentou-se sobre o tapete ao lado da sua cama, emprestada ao druida, curioso para saber mais sobre o que os adultos falavam.

– Me conta o que aconteceu, Cynwrig. Como fomos massacrados estando em um castro? – Fergal sorveu o restante da sua sidra. – Lutamos com plumas e gravetos ao invés de armas?

A mãe trouxe mais da sidra cheirosa para todos e se serviu antes de se sentar no chão ao lado do filho.

– Você caiu antes de eles se aproximarem do fosso – Cynwrig fez uma careta quando se apoiou no braço ferido para se sentar. – E nesse momento tudo desandou. Se aquele que é o maior de todos tombou...

– E como isso aconteceu? – Fergal aprumou a coluna, fazendo-a estalar.

– Um dos garotos estava com uma funda. – O pai sorveu a bebida cheirosa. – Não me lembro do nome dele. Subiu em um barril cheio de peixe seco e começou a atirar pedras que nem chegavam perto dos invasores.

– E uma delas acertou a porra da minha nuca! – Fergal interrompeu, a mão sobre o calombo dolorido. – Vou sair daqui e dar uns sopapos no merdinha.

– Só se for no outro mundo. – Cynwrig olhou para os pés calçados em botas de couro marrom. – Ele não acertou nenhum romano, mas um pilo furou o seu coração.

– Um pilo quase acertou o meu pé! – O menininho, de rosto avermelhado por causa da bebida, soluçou.

– Muitos morreram trespassados pelos dardos deles. – O pai afagou os cabelos emaranhados do filho. – E nós não conseguimos vencer aqueles malditos escudos imensos. Poucos invasores tiveram as carnes perfuradas por nossas lanças e flechas.

– Vocês têm a mira de um texugo cego! – Fergal fungou. – Os romanos têm mesmo uma organização formidável, mas, para quem caça veados fugindo por entre as árvores do bosque, não deveria ser difícil encontrar brechas na proteção deles.

– Só que não encontramos. Alguns eram alvejados, caíam e eram substituídos de imediato por outros. A formação deles continuava sempre impenetrável. – Cynwrig deu um tapa no joelho e gemeu por causa do ferimento no braço. – Tivemos de desembainhar as nossas espadas para conter a invasão. E fomos massacrados.

– Todos morreram? – O druida se levantou cambaleando. E teve de se apoiar na parede revestida de barro para não cair. Sentiu ânsia, mas não vomitou.

– A maioria. – O anfitrião também se levantou. – Apenas uma ou duas centenas de pessoas conseguiram escapar.

– Eles queimaram tudo? Estão acampados no castro? – Fergal começou a andar de um lado para o outro, cofiando a barba, os olhos baixos e semicerrados. – Temos como conversar com os chefes das outras aldeias para tentar retomar o forte.

– Erwan, que tinha sido cercado pelos romanos, se rendeu – Cynwrig cuspiu. – Eu não vi. Estava te carregando em direção ao pântano para nos escondermos junto aos sobreviventes. Mas soube depois.

– Eu ajudei a te arrastar – o menininho sorriu. – Como o pai *tava* machucado, ele te derrubou no chão. Ainda bem que você caiu de cara na lama, senão, além da nuca, teria afundado o nariz.

Fergal encarou Cynwrig, que deu de ombros.

– Daí eu e a mamãe te puxamos por uma perna e ele pela outra – o garotinho continuou a falar. – Você se arranhou em uns espinhos, mas a mamãe passou...

– Chega, Cynbel! – A mãe se levantou. – Vamos lá fora dar água para os cavalos.

– Eles já têm água e...

– Vem comigo, Cynbel! – Puxou o filho pelo braço.

– Estou há quantos dias aqui? – O druida se sentou de novo na cama.

– Acho que uns cinco ou seis... – Cynwrig coçou a cabeça. – Seis.

– Tanto tempo assim? – Fergal esfregou os olhos, que agora já conseguiam enxergar melhor. – Nunca dormi por tanto tempo na minha vida. E olha que eu já vivi mais que todos que andam por essa ilha!

– A gente achou que você iria morrer. – Cynwrig tocou a virilha para afastar o mau agouro. – A febre não te abandonou por três dias e três noites. Você grunhia e gemia e a sua urina cheirava algo como peixe podre.

– E os peidos eram ainda piores! Tive que dormir nos tapetes do teu lado e quase morri sufocado. – Cynbel entrou correndo pela porta estreita. Sua mãe o puxou para fora pelos cabelos.

– Se não fosse Enora lhe botar a sidra com ervas goela

abaixo e lhe dar a papa feita com alho do campo, mel e vinagre de maçã, acho que...

– Sim, a sua mulher fez bem – Fergal sorriu. – Ela foi bem instruída nas artes da cura. Eu conheci a avó dela. Além de ser uma curandeira sem igual, sabia te pegar de jeito e te cavalgar como se você fosse um cavalo arisco.

– Cavalgar? – Cynbel surgiu na porta. – Não entendi e...

– Volta aqui, seu curioso! – Enora, com o rosto vermelho de vergonha, puxou pela segunda vez o filhinho.

O druida gargalhou. Ainda meio cambaleante, saiu da casa circular e inspirou o bom ar sem o cheiro da fumaça da fogueira. Caminhou até um cipreste solitário, onde se apoiou. Desamarrou com alguma dificuldade o cordão de cânhamo trançado e mijou na mão. Primeiro cheirou o líquido amarelo escuro e depois o provou, bochechando antes de engolir.

– Que velho porco! – Cynbel, comendo umas framboesas que pegara do pé, fez uma careta. – Se está com sede, que beba água. Ou sidra! Daqui a pouco está comendo a própria bosta e...

Levou um tabefe sem força no cocuruto, desferido pela sua mãe, que tinha as bochechas coradas pela insolência do filhinho.

– A doença foi embora – Fergal sorriu. – E logo a dor na nuca vai passar. Então preciso ir, meu bom Cynwrig. Tenho uma ilha para salvar!

– Espere! – Enora correu para dentro da casa. Voltou pouco depois com um embrulho de couro fino amarrado por um cordão. – Tem pão e carne de cervo salgada. Vai te ajudar a recuperar as forças.

Fergal caminhou até a mulher e lhe beijou a testa.

– Que você sempre tenha primaveras férteis. – Pegou o embrulho e fez uma mesura. – E invernos amenos.

– Você vai para onde? – Cynwrig lhe entregou um cajado comprido, que o ajudaria a caminhar enquanto a tontura não cessasse.

– Para onde os meus pés me levarem. É lá que devo estar. – Virou-se e caminhou devagar pela trilha recoberta por pedriscos, sob o olhar atento das demais pessoas da aldeia.

– Ele vai é fugir. Sabe que os romanos estão por perto! – Cynbel apontou para o druida. – Por isso que é tão velho. Deve ter passado a vida toda sumindo das vistas dos inimigos.

– Ainda nos reencontraremos, Cynbel, Espírito de fogo! – Fergal respondeu sem se virar. – E o seu nome será cantado pelos que virão.

Uma águia-dourada piou alto perto das nuvens. E o druida começou a assoviar enquanto atravessava o campo de cevada que começava a ser colhida, acompanhado pelos estorninhos que aproveitavam para se deliciar com os grãos que podiam roubar.

*

CERCA DE TREZE PRIMAVERAS APÓS A INFELIZ PEDRADA NA NUCA.

– Nós somos os últimos. – Um grandalhão gordo e peludo como um javali deu um tapa no joelho. Assustou a cadela prenhe que dormitava aos seus pés. Ela se levantou e caminhou devagar até a sombra feita por uma macieira. – Depois da nossa partida, tudo será esquecido. Todo conhecimento estará perdido. Toda a sabedoria vai se tornar cinzas levadas pelo vento.

O céu carrancudo e cinza despejava uma chuva fina e gelada de tempos em tempos. E até mesmo as folhagens não tinham o verde viçoso de costume. As lufadas do ar frio e úmido gelavam os ossos dos druidas. Muitos murmuravam feitiços de proteção e outros buscavam, impacientes, por presságios.

Alguém espirrou alto e um pássaro piou, oculto.

– Eu os vi através dos meus sonhos. – Um jovem cego, com a pele do rosto e do pescoço deformada por queimaduras, acariciava o seu gato preto. – Eles marchavam, e a terra rachava sob os seus pés. Eles apontavam as suas espadas, e os rios se tornavam vermelhos com o nosso sangue. Eles falavam, e todos que ouviam se prostravam de joelhos.

– Nos meus sonhos eu vi a águia de Roma se alimentar das nossas vísceras. – Uma mulher de cabelos ondulados e avermelhados como labaredas abriu os braços como se fossem grandes asas. – Ela era imensa. Tão grande que tapava o sol quando voava sobre nós. Pousou bem aqui onde estamos e se alimentou das nossas carnes dia após dia. Voraz, ela não poupava ninguém.

– Tudo aquilo que aprendemos desde que os primeiros chegaram aqui vai arder como as folhas secas durante a queimada! – O magricela que não tinha o braço esquerdo e de voz esganiçada como se a sua garganta fosse feita de junco arrancou uma folha ressequida da macieira e a esmagou com a única mão. – É o fim.

– Como vocês matraqueiam! – Fergal, para quem o tempo parecia não passar, pois se mantinha igual, estava deitado sobre a grama com a cabeça apoiada nas mãos. Mascava um talo de mato e não se importava com as formigas que exploravam as suas pernas e pés, as mais ousadas desvendando as rugas do seu saco. – Não sei por que perdi o meu tempo vindo até aqui.

– E o que o ancião, o sábio, Aquele-que-vive-e-não-morre, pensa sobre tudo isso? – O gorducho se levantou com esforço, para alívio do mato amassado sob o seu imenso traseiro.

– Penso que vocês são cagões demais! – Fergal se sentou e enfiou a mão por dentro das calças para acabar com a farra das formigas nos seus bagos. – Falando assim, parece que a nossa ilha sempre viveu em plena paz. Que nunca batalhamos! Porra, a guerra sempre esteve presente aqui. Não são os corpos dos mortos que nutrem essa terra verde?

– Então temos que enfrentá-los? – A voz do jovem cego era monótona. – Se os nossos guerreiros tombaram e a maioria dos povos daqui se ajoelhou perante os invasores, como poderemos lutar?

– Vocês são druidas ou apenas um bando de merdas que passam o dia todo chupando os próprios pintos? – Fergal se levantou num pulo. – Você não. A sua barriga é grande demais e você nunca alcançaria o pau! – O druida apontou para o gordo, que bufava de braços cruzados.

– Seu velho comedor de...

– Engula as suas palavras! Ou eu faço as suas tripas saírem pelo nariz. – Fergal enfiou os dedos nas narinas. – Nós estamos do mesmo lado. E temos que nos unir para expulsar os romanos de uma vez por todas.

O gordo, mesmo sendo um conhecedor das maldições, se calou. Afinal, a fama e o poder de Fergal eram conhecidos por todos que ali estavam.

– Você não estava no cerco ao castro na terra dos icenos? Aquele que aconteceu há muitas primaveras? – O jovem cego encarou o druida com os olhos brancos. – Mesmo com a sua presença, mestre Fergal, eles foram massacrados. Será que ainda existe algum poder no mais antigo de nós?

O velho mordeu o lábio envolto pela barba branca bem aparada. Inspirou devagar pelo nariz e soltou o ar pela boca.

Caminhou até o jovem, que continuava virado em sua direção como se os seus olhos pudessem vê-lo.

Parou diante dele e sorriu.

– Seu monte de bosta parido por uma cabrita manca! – Os perdigotos voaram no rosto do cego e da gata preta, que sibilou, arranhou aquele que a acariciava e fugiu correndo. – Você sabe que isso só aconteceu porque levei uma pedrada na nuca e apaguei.

– Providencial pedrada – o gordo murmurou, com um sorrisinho maroto entalhado no rosto redondo. – Quem sabe se essa história é verdadeira?

– Se uma simples pedrada o tirou de batalha, Fergal, há algo muito errado, não é? – A mulher de cabelos vermelhos puxou a rolha de um pequeno frasco feito de osso de baleia e o cheirou. Sorriu antes de começar a revirar os olhos.

– Fodam-se todos vocês! – Fergal se virou e foi até a sua égua preta, que mastigava o feno fresco que lhe fora oferecido. – Continuem aqui grasnando como corvos. Tenho certeza que a falta de ação de vocês será a sua ruína.

Cavalgou a galope rumo ao oeste, com a chuva misturada ao suor cegando os seus olhos. Mas ele não precisava enxergar: conhecia aqueles caminhos como a palma da sua mão.

Sumiu das vistas daqueles importantes druidas que ali estavam, reunidos na ilha agora chamada de Mona. Eles e todos os demais continuaram a discutir, inflamados, com pragas sendo rogadas entre si e com dentes perdidos entre aqueles de menor poder e que não tinham sido convidados a participar das decisões na clareira sagrada. Até mesmo os corvos grasnavam alto e se bicavam arrancando penas uns dos outros.

Então, eles chegaram.

*

– Cynbel! – O cavaleiro se aproximou do jovem que tinha a cota de malha emplastrada de sangue e cabelos. Estava com as costas apoiadas na parede de blocos de pedra bem alinhados da casa de um tribuno, que jazia aos seus pés com a garganta cortada. – A maior parte do exército deles está morta, outros estão fugindo pela estrada rumo a Londinium. Devemos persegui-los?

– Sim... – O jovem, recuperando o fôlego, limpou o suor da testa e olhou para o grande incêndio que começava a consumir Camulodunum, agora uma colônia de soldados romanos veteranos, mas que já fora a capital dos trinovantes, o povo que se juntara aos icenos nesta rebelião. – Não deve sobrar ninguém. Ninguém.

Alguns invasores se renderam durante a batalha. Foram trespassados por espadas e lanças. Também foram mortos os nativos que se aliaram aos romanos e lhes deram guarida. Restava apenas um grupo de cerca de duzentas pessoas, entre soldados, nobres, mulheres e crianças que se refugiaram na *cella* do imenso Templo de Claudio, protegidos pelas grossas paredes de pedra e pelas imensas portas de bronze maciço.

O cavaleiro assentiu com a cabeça e esporeou a montaria, indo para junto dos seus homens. De pronto, cinquenta cavaleiros partiram a galope para impedir que os fugitivos chegassem ao seu destino. Deixaram em Camulodunum uma trilha de cadáveres que já começavam a ser degustados pelos famintos corvos.

.

.

.

– Onde ela está? – Cynbel perguntou para o pai, Cynwrig, que estava sentado no chão enquanto a sua mãe lhe envolvia a cabeça ferida com bandagens embebidas em uma mistura de mel, alho e gengibre pego de um romano morto na última escaramuça.

– No templo. – Cynwrig fez uma careta quando a esposa amarrou a bandagem e o líquido se entranhou no talho logo acima do seu olho esquerdo, fazendo o corte arder como se lambido por uma língua de fogo.

– Faz o velho se recuperar logo, mãe! – Cynbel piscou. – A gente vai precisar dele inteiro para retomar a nossa ilha.

A mãe retribuiu com um sorriso e continuou a tratar do marido. A irmãzinha de Cynbel distribuía o bom vinho dos romanos para ajudar a aplacar a sede e a dor dos feridos que ali estavam.

Do outro lado da rua, os meninos, filhos dos guerreiros, juntavam em um monte os gládios, púgios, elmos e demais equipamentos retirados dos defensores mortos por seus pais e irmãos mais velhos, formando um belo butim que seria dividido entre os vitoriosos.

– Ei, tem uma mão segurando o punho da espada! – Um dos maiores apontou para o gládio no chão. Dois menorzinhos gritaram e correram espantados.

Cynbel também umedeceu a garganta com goles de vinho e

foi até o grande templo, uma construção magnífica sustentada por dezenas de altas colunas circulares feitas de pedra, encimadas por um telhado triangular recoberto por telhas avermelhadas. Ficava sobre um patamar feito com uma mistura de argamassa e pedras escavadas de trincheiras ao redor. Tinha cerca de vinte e cinco passos de largura, a altura de doze homens e mais de cento e vinte de comprimento, muito maior que qualquer construção feita pelos nativos.

Caminhou devagar, desviando dos mortos e cumprimentando os seus companheiros pela vitória antes de adentrar no covil do inimigo.

– Eles não podem ficar aí para sempre! – A mulher alta, de cabelos vermelhos compridos e encaracolados como uma cachoeira flamejante, virou-se para Cynbel. Ela empunhava a sua longa lança e trajava uma cota de malha muito bem-feita. – Eles não têm água nem comida lá dentro e, em breve, quando o óleo das lamparinas acabar, ficarão em completa escuridão.

– Sim, minha rainha. – Cynbel olhou para as imensas portas de bronze, que não poderiam ser derrubadas com a força dos músculos. – Se entocaram como ratos assustados, mas terão que sair.

– Pare de me chamar de rainha, Cynbel! – Ela, quase dois palmos mais alta que ele, o encarou, o grosso torque de ouro reluzindo o sol que entrava pelas janelas. – Sou apenas Boudica, a mulher que foi covardemente açoitada, cujos olhos sangraram ao ver, impotentes, as filhas serem estupradas por esses vermes. E hoje, nesta cidade que já foi o lar dos meus antepassados, eu sigo com a minha vingança contra aqueles que castigam o nosso povo. Não gosto dessa alcunha, meu amigo. Prefiro ser aquela que luta e sangra junto a vocês.

Todos que ali estavam pararam para observá-la, pois sua voz ecoava poderosa, grave, pelo templo que estava sendo saqueado pelos seus homens.

– Não a chamarei de rainha, mas também não me acostumo a chamá-la de Boudica. – Um homem tão alto quanto ela e de cabelos da mesma cor se aproximou. – Nunca se esqueça de que a sua mãe era galesa, assim como eu, e a chamava de Buddug.

– Boudica, Buddug, não importa – ela sorriu. – Eu tenho o sangue da Britannia nas minhas veias e, se for preciso, o darei todo para libertá-la deles.

– Espero que isso não seja preciso, Buddug. – Cynbel continuou a encarar as portas intransponíveis.

– Será que conseguimos usá-la como aríete? – A rainha dos icenos apontou para uma das estátuas, mas a sua atenção foi desviada para a entrada do Templo de Claudio, onde um jovem berrava:

– Eles estão chegando! Os romanos estão vindo! – O rosto era uma máscara de suor, medo e terra, os cabelos castanhos colados na testa, a túnica verde molhada no peito e nas costas.

Todos que ali estavam pegaram as suas armas e escudos e correram. Lá fora, pelas ruas, os bretões montavam em suas bigas e cavalos e seguiam para a estrada que margeava a cidade.

– Boudica, são três *coortes* e cerca de quinhentos cavaleiros comandados por Quintus Petillius Cerialis! – Um batedor montado em uma égua pequena e peluda parou na frente da rainha.

– Onde eles estão? – Boudica travou os dedos no cabo da sua lança. – São tantos soldados assim?

– A cerca de três milhas daqui – ele arfava. – Eles estão vindo em uma fila comprida, enorme!

– Merda! – A rainha chutou uma moeda.

– A tribo do meu tio veio se juntar à revolta e os vimos marchando pela estrada. Então ele pediu para correr até aqui e avisar vocês. – O garoto que berrara na porta do templo se adiantou. – Ele fala a verdade. São muitos mesmo! Uma fila sem fim de soldados!

– Fez bem, menino. – Boudica tirou um dos seus anéis de prata e o entregou ao jovem. – Se tem uma arma, junte-se a nós.

– E se não tem, há montes delas ali – Cynbel apontou para a pilha de gládios.

O jovem correu até lá e pegou uma das boas armas dos invasores. Não pôde se juntar a Boudica e Cynbel, que já haviam tomado suas montarias e lideravam os milhares de celtas que deixavam para trás uma Camulodunum em chamas.

*

– Fergal! – O velho druida se sentou de supetão ao ouvir o seu nome. Estava dormindo atrás de um arbusto de amoras e meteu a cara nos galhos finos e espinhosos que lanharam a sua pele enrugada. Pequenos pontos de sangue surgiram, mas o seu rosto ficou vermelho, não pelos machucados, mas devido à raiva.

– Seu filho de um bode sem cu! – rosnou, os lábios ressecados, a baba endurecida em uma trilha brilhosa que escorria do canto da boca até o fim da barba bem-feita. Passou a mão na cabeça para arrumar os cabelos brancos como a neve que lhe caíam sobre os olhos verdes e primaveris.

A égua preta que matava a sede em uma pequena nascente a cerca de trinta passos relinchou mostrando os grandes dentes, e até mesmo uma perdiz escondida no mato alto piou, fazendo coro aos patos que estavam no curso d'água que desembocaria em um pequeno lago rodeado por flores amarelas, vermelhas e lilases.

– É que...

– Isso é jeito de chegar em alguém, porra? – Fergal arfava com a mão no peito. – Eu podia ter te matado conjurando uma maldição, sabia?

– Me perdoe, mestre Fergal. – Montado em seu cavalo marrom, o druida gordo e peludo estava coberto de suor, o rosto denunciando o medo. – Vem comigo, temos que fugir. Depressa!

– Fugir pra onde? Por quê? – Fergal se levantou e arregalou os olhos quando viu além do gorducho. – Pelo saco murcho de Moritasgus! Os romanos!

Mesmo com as pernas meio enrijecidas por ficar muito tempo na mesma posição, Fergal correu trôpego até a égua e a montou com um pouco de dificuldade.

– Merda! Eles acharam o meu rastro! – O peludo olhou para trás e viu que o grupo de cavaleiros estava a cerca de quatrocentos passos. – Para onde vamos?

– Também, com todo esse peso, o pobrezinho do seu cavalo deve ter deixado pegadas de dois palmos de profundidade. – Fergal limpou o rosto com a mão, manchando-a com o sangue.

– Seu velho bosta, eu...

– O Truta ainda está vivo? – Fergal interrompeu o outro druida.

– Acho que sim...

– Então é para lá que iremos! – Instigou a égua com os calcanhares.

– E se ele não estiver? – o gordo berrou poucos passos atrás, o seu grande cavalo soltando vapor pelas narinas.

– Então estaremos fodidos até a última prega do nosso cu!

Os cascos das montarias levantavam pedaços de terra do chão úmido.

Atrás deles, os romanos encurtavam a distância, tal como lobos vorazes perseguindo veados.

.

.

.

– Nós vamos morrer! Eu não quero morrer!

– Você é uma vergonha, Caomh! – Fergal deu um cutucão com a ponta da bota na nuca do gorducho deitado em posição fetal no pequeno barco de pesca do Truta, um druida quase tão velho quanto ele próprio, que vivia recluso em uma caverna escavada com suas próprias mãos há incontáveis primaveras. – Devia ter te sacrificado a Andarta para ela massacrar os romanos.

O gorducho miou.

Um pilo voou e passou a menos de um palmo da orelha de Fergal. O druida fez uma careta e chacoalhou o saco em provocação. Outro bateu no casco feito com boas tábuas de carvalho; quebrou-se e foi para o fundo das águas bravias. Um terceiro caiu dentro do barco, perto da bunda de Caomh.

O druida guinchou como um porco recém-capado e se encolheu ainda mais. Tentou por duas vezes abraçar os joelhos, mas a barriga, grande como um barril de cerveja, o impediu.

– Se você cagar no meu barco, gordão, farei você limpar com a língua! – Truta manejava com habilidade os cordames das duas pequenas velas quadradas infladas pelo vento, o suor brotando na sua careca lisa como a barriga de uma foca, os músculos retesados sob a pele enrugada e ressecada.

Fergal pegou o pilo e o atirou de volta à praia, mas ele não chegou nem perto de acertar os invasores.

O barco, com cerca de seis passos de comprimento e dois de largura, aguentava valente a pancada das águas revoltas que subiam em borrifos gelados. Estavam em um trecho que não tinha mais de cinco pés de profundidade, mas que era traiçoeiro, principalmente por causa da mudança da maré.

– É como se tivesse um boi aqui dentro – Truta praguejou quando o seu barco raspou em um banco de areia. – Se a gente afundar, Caomh, vou te importunar até o fim dos tempos!

Caomh rezava, a boca tremendo, os olhos fechados.

Já fora do alcance dos pilos, começaram a ser alvejados por cinco *sagittarius*. Os arqueiros desmontaram e começaram a despejar flechas contra os três druidas. Sete perfuraram as velas, outras tantas foram desperdiçadas caindo bem longe do alvo, algumas martelavam o casco. Uma se cravou na barriga de Caomh.

– Me acertaram! – O druida peludo envolveu a flecha com a mão, sem puxá-la. – Eu vou morrer! Como dói!

Chorava, escandaloso, o ranho formando bolhas na sua narina, o rosto tomado por uma tremedeira engraçada que fazia balançar a sua papada por debaixo da barba grossa e preta como os pelos de um urso.

Fergal segurou a haste e arrancou a flecha com um puxão seco. O gorducho berrou, as lágrimas vazando pelos olhos, o mijo inundando o fundo do barco.

– Não seja fresco, Caomh! – Fergal atirou a flecha no mar. Ela acertou o seu cinto grosso e pinicou a sua pele.

– Estou sangrando! – O gorducho pôs a mão na barriga e esbugalhou os olhos quando viu uma pequena mancha de sangue na palma. – Vou morrer!

– Mesmo que você tivesse sido alvejado a menos de cinco passos de distância, Bolota, a flecha não conseguiria atravessar a sua banha e furar as suas tripas. – Truta olhou para uma flecha que resvalou no mastro e caiu no mar. – Pelo amor de Andraste, você é uma vergonha!

O vento generoso os levou para fora do alcance dos romanos. Venceram depressa o Afon Menai, o estreito que separava a Ynys Dywyll, como era chamada a Ilha de Mona pelos nativos da Britannia.

– Para onde iremos? – Truta pegou uma bolsa de couro que estava amarrada no mastro do barco e a pôs a tiracolo. – Faz muitas primaveras que não venho para o lado de cá.

– Eu não irei para lugar algum, meus irmãos. – Caomh continuava deitado no chão do barco, a mão sobre a pança, a água e o mijo empoçados fazendo os seus cabelos compridos bailarem conforme o barco se mexia ainda dentro da água revolta devido à mudança da maré. – Sinto o meu espírito abandonar o meu corpo e...

– Truta, me dá a sua faca de estripar peixes! – Fergal esticou a mão em direção ao druida careca. – Eu vou abrir um talho naquele barrigão para o espírito sair de vez. Como chora!

O gorducho berrou, um choro doloroso tal como quando um bebê está aflito por causa da bunda suja.

– Levanta, Caomh. – Truta olhou para o céu e viu que a tempestade se formava. – Vai chover e precisamos buscar abrigo. E os romanos podem tentar nos perseguir.

Com muito esforço, como uma tartaruga se desvirando, o gordo se levantou com uma careta no rosto.

– Eu perdi muito sangue. Estou tonto.

– Isso é fome! – Fergal o ajudou a desembarcar. – Vamos. Eu sei onde podemos nos abrigar, mas temos que andar depressa.

– Eu adorava o meu cavalo – Caomh balbuciou. – Aquele que fizer mal ao Betume terá o corpo coberto de escaras purulentas!

– Ninguém fará mal ao Betume ou à minha égua. – Fergal olhou para o *Afon Menai*. – Eles vão virar parte do exército deles.

– Fergal, o que está acontecendo? – Truta seguia ao lado do velho amigo.

– Não sei ao certo. – O druida esfregou as mãos enrijecidas. – Caomh deve ter as respostas. Ele pode nos contar o que sabe no abrigo. Vamos!

Trovejou. E os primeiros pingos grossos caíram do céu cinza-chumbo.

Fergal e Truta aceleraram o passo.

Caomh se arrastava distante deles, o rosto contorcido e a boca emitindo um miado constante entre uma ofegada e outra.

– Vem logo, Caomh! – Fergal berrou. – Daqui a pouco não enxergaremos mais nada e ainda temos que andar um bocado!

– Um bocado? – O gordo abriu os braços. – Era melhor eu ter morrido de uma vez.

Suas reclamações não puderem ser ouvidas: um raio azulou o céu e um trovão rugiu alto. E o aguaceiro caiu forte.

.

.

.

Os três se abrigaram em um túmulo circular, construído pelos antigos em um tempo tão distante que os incautos que passavam por ele o confundiam com um pequeno monte relvado.

Somente os sábios o conheciam, ainda mais que a sua entrada estava encoberta por urzes e arbustos e um pouco de terra que desbarrancou. Não foi fácil entrar lá. Por sorte, Truta carregava uma machadinha na sua bolsa, e a pele das mãos de Fergal era grossa como o couro de javali: segurava os troncos espinhentos e os arrancava da terra sem se ferir.

Desbloquearam o caminho como texugos que cavam suas tocas na terra com as unhas compridas.

– Consegui desobstruir a entrada! – Fergal berrou. A tempestade seguia forte e eles mal conseguiam se ouvir. O breu fê-los tatear as paredes para se guiar pelo túnel de cerca de vinte passos que levava ao centro do túmulo escuro, como se estivessem dentro da barriga de um imenso dragão.

Caomh teve dificuldades para passar: a entrada, um retângulo de pedras, que já era estreita sem as barreiras, estava muito menor. Isso o fez entalar e ter de ser puxado para dentro pelo velho druida, que não se conteve e gargalhou, o som estridente ecoando pela última morada das pessoas sepultadas ali pelos povos que dominaram a ilha milênios antes deles.

– Vou fazer fogo. – Truta gatinhava pelo chão, guiado pelo tato, arrancando tufos de gramíneas secas e teimosas que nasceram ali, mas que, sem nunca serem tocadas pelo poder do Sol, definharam.

As plantas mortas se incendiaram quando o druida raspou a lâmina da sua faca na pedra-de-fogo. As fagulhas brotaram fortes, e a pequena fogueira começou a se formar, acrescida pelos galhos molhados das urzes e dos arbustos trazidos por Fergal, que fumacearam todo o lugar antes de pegar fogo.

– Respira, Caomh! – Fergal, ajoelhado, abanava o gorducho com a mão. – Puxa o ar com o nariz e solta com a boca.

Caomh ofegava, os cabelos escorridos e grudados no rosto, as mãos sobre a barriga que subia e descia. Na camisa verde com quadriculados feitos com linhas de cor laranja havia uma mancha escura que rodeava o pequeno furo feito pela flecha. Ele estava ensopado e tremia muito, como se tivesse acabado de pular em um lago quase congelado.

– Sinto o meu espírito escapando do meu corpo – Caohm ganiu. – Ouço chamarem o meu nome.

O gordo arfava.

E chorava.

E pedia clemência a todos os Deuses dos quais sabia os nomes.

– Respira, Caomh! – Fergal correu novamente até a entrada. Voltou com mais urzes.

– Seria melhor se tivéssemos madeira mais seca – Truta espirrou. – Mas vai servir para secar as nossas roupas e nos aquecer.

– Eu não sinto as minhas pernas! – O gorducho seguia estirado no chão.

– Não sente por causa do seu peso! – Fergal foi até ele. – Me deixa ver esse arranhão.

O velho desatou o cinturão do amigo e afastou a calça e a camisa ensopadas, deixando à mostra a barriga redonda e peluda Nela havia um furo com não mais que um dedo e meio de diâmetro, que agora mal sangrava.

– Todo esse escândalo por isso? – Fergal balançou a cabeça. – Seus antepassados devem estar tapando os rostos de vergonha no outro mundo.

– Não tente me enganar, Fergal – Caomh segurou o braço do velho. – Eu sei que a minha vida está se esvaindo.

O ancião desamarrou a bolsa de couro que trazia presa ao cinto grosso feito de cânhamo trançado. Foi até a fogueira e pegou um punhado de cinzas, que salpicou sobre o ferimento.

Caomh miou.

Fergal tirou de dentro da bolsa duas folhas de um vermelho vivo como o das cerejas. Começou a mascá-las. Cuspiu a maçaroca no ferimento.

Caomh miou.

– Seria melhor se eu tivesse um pouco de banha de carneiro, mas vou considerar que a gordura da sua barriga será suficiente para fazer funcionar – Fergal sorriu, os dentes vermelhos como se tivesse bebido sangue. – Arrume essa roupa e venha se secar perto do fogo.

O gorducho se levantou com dificuldade e arrastou os passos até perto do fogo, desabando sentado logo em seguida.

– Ainda dói? – Fergal pôs as mãos sobre o fogo.

– Não. Que estranho... Está tudo meio adormecido. O que você fez?

– Eu fiz o que um druida deve saber fazer, porra! – Fergal balançou a cabeça. – Você se diz druida e não sabe curar um furo na pele? Até mesmo um aprendiz tem essa capacidade.

Caomh não respondeu. Arrancou as botas e permitiu que os seus pés calejados e de calcanhares rachados recebessem o carinho do calor das chamas que ganhavam força e faziam a madeira molhada estalar, cantando a prazerosa canção sempre muito bem-vinda em situações como aquela.

– Agora que você não vai morrer mais, Bolota, poderia me dizer o que está acontecendo? – Truta assoou o nariz e jogou o ranho sobre as chamas, que chiaram.

– Fomos massacrados. – O rosto dele, vermelho, brilhoso, refletia ódio e dor. – Depois de tantos anos aqui, os romanos voltaram os seus olhos para nós.

– Cedo ou tarde isso iria acontecer – Fergal jogou mais galhos sobre o fogo. – Eles sabem que somos influentes, e a maioria de nós nunca aceitou o domínio de Roma.

– Mataram todos? – Truta passou as mãos sobre a careca reluzente. – Até as Fúrias? Elas também? E como você escapou?

Fergal tomou um gole do vinho dos romanos que trazia no seu odre e passou para os companheiros. Em seguida, tirou do seu saco de couro alguns mariscos defumados e pôs na mão de Caomh.

– Sei que é pouco para acalmar o seu estômago, Caomh, mas é o que tenho aqui.

O druida pegou um punhado para si e deu o restante para Truta.

– Eles nos pegaram de surpresa, Truta. – O gorducho mastigava os mariscos borrachudos. – Nunca vi tantos soldados avançarem tão rápido. Eram como uma imensa matilha de lobos vindo nos caçar.

– E como o javali mais suculento de todos sobreviveu? – Fergal tomou um pouco mais de vinho, que parecia nunca acabar, apesar de o odre ser pequeno.

Caomh ignorou a zombaria e continuou a sua história:

– Eles chegaram! – O guerreiro de rosto tatuado, com diversas espirais azuis e um lobo no meio da testa, trajava um peitoral de bronze cheio de marcas de batalhas passadas sobre uma túnica vermelha de linho grosso, deixando as canelas à mostra logo acima das botas. Segurou com firmeza as rédeas do seu cavalo, que empinava, agitado. – Eles acabaram de vencer o Afon Menai. A infantaria veio em navios e a cavalaria atravessou na parte rasa por causa do recuo da maré.

– Quantos são? – O jovem druida cego se levantou, os olhos mortos encarando o arauto das más novas.

– São como um monte de formigas invadindo um cupinzeiro .– O celta apertou o punho da sua espada para tentar se livrar do mau agouro. Desviou-se do olhar do jovem cego. – Fujam agora! Antes do meio do dia estarão aqui. Nós vamos tentar segurá-los na estrada para o bosque.

– E os druidas que estavam de vigília? – O cego continuou a encarar o guerreiro. – Não rogaram maldições? Não incitaram a fúria do Afon Menai?

– Estão todos mortos... – o cavaleiro tocou um amuleto amarrado no seu pulso.

Uma rajada de vento fez farfalhar as folhas das faias, carvalhos, olmos e tílias que os circundavam, árvores antigas e sagradas. Como aquele local.

– Sim, vamos fugir –falei, com a boca cheia de guisado de peixe. O grande caldeirão de ferro fumegava sobre o fogo, exalando o aroma delicioso das ervas, do alho e da carne. – Podemos ir para o Oeste e de lá vamos de barco até as terras do meu parente Elim mac Conrach, um dos reis de Eire.

– Não somos lebres cagalhonas que fogem ao sentir o cheiro da raposa! – A druida de cabelos avermelhados e revoltos como as chamas da grande fogueira no centro da clareira abriu os

braços, os dedos das mãos eram as garras de uma ave de rapina. – Esta é a nossa terra, o nosso lar, o lugar onde falamos com as Deusas e os Deuses. E se for a vontade Deles, nós venceremos.

– Ou morreremos... – Olhei para o chão e vi um crânio de um esquilo ou de um rato meio enterrado, o que me arrepiou os pelos da nuca pelo mau presságio. Cuspi.

O druida sem um dos braços acabara de se levantar. Cochichou algo no ouvido do jovem cego, cuja expressão continuou impassível, dura como a pedra de sacrifícios que havia ali: uma grande rocha entalhada para ficar plana como uma mesa e em cujo topo havia diversas manchas de sangue, tanto antigas como frescas.

– Faça! – O cego se mantinha ereto como o tronco de um jovem abeto.

Uma nova rajada de vento, ainda mais forte, trouxe uma revoada de folhas mortas para o meio da clareira, o barulho gemendo nos ouvidos tal como um espírito sofredor.

– Fazer o quê? – Eu abri os braços, ainda segurando um naco de pão encharcado com o caldo gostoso.

– Você sabe, Caomh, que quando a situação é de vida ou morte como agora, não adianta pedir ajuda aos Deuses sem dar nada em troca. – O druida sem um braço se aproximou devagar, os passos meio incertos. – É por isso, meu irmão, meu mestre, que fazemos os sacrifícios. Você se lembra de quando me permitiu fazer o meu primeiro?

– Sim... – Peguei do chão a pesada tigela de bronze que ainda mantinha o restinho do guisado quente. – Você estava nervoso, mas conseguiu matar o cervo com respeito e sem sofrimento. Você acha que devemos encontrar um grande macho vermelho e...

– Eu tremia como o mato seco ao vento. – O jovem olhou para o ombro desnudo que terminava em uma cicatriz onde devia haver o braço. – Mesmo assim consegui segurá-lo e talhar a sua garganta.

– Cynn, eles já estão no curtume! – Um menino apareceu, montado em uma pequena égua peluda. – Matamos um bocado deles, mas nem fizemos cócegas no exército!

– Bosta! – O guerreiro tatuado puxou os cabelos. – Fujam, se quiserem viver.

Seguiu o jovem pela estreita trilha ao sul da clareira que sumia entre as grandes árvores. Os druidas permaneciam calados, olhando a partida dos dois.

– Faça! – o druida cego berrou, e todos que ali estavam voltaram os olhos para ele.

Mais druidas chegavam ali, apressados e esbaforidos, naquele local sagrado conhecido por poucos.

– Quando a sua filhinha estava doente, meu mestre, de bom coração eu ofereci o meu braço à Airmed. – O jovem ficou a um passo de Caomh. – Ela morreu. O mal no seu corpo e no seu espírito era forte demais. E fizemos uma oferenda insuficiente.

Continuei mastigando enquanto os outros druidas nos observavam calados.

– E agora estamos no limiar da ruína, meu mestre. Não só a nossa, mas de todos os nossos Deuses! – Virou-se para olhar para os que ali estavam, considerados os mais poderosos de toda a Britannia.

A druida de cabelos vermelhos gritou.

E corvos grasnaram nas árvores ao redor.

– Andraste! – O jovem sacou a faca e investiu contra a minha barriga.

Não sei como, fui ágil o suficiente para acertar a têmpora do meu pupilo com a pesada tigela de bronze, arrebentando-lhe os ossos e fazendo cérebro e sangue espirrarem sobre a grande rocha.

A Deusa teve o seu sacrifício.

Mas também não foi suficiente...

Corri até o Betume, que pastava atrás de mim, e pulei sobre ele – o medo nos faz realizar feitos, meus amigos. E no caminho pude ouvi-los chegando. Como ninguém me perseguia, parei no meio da trilha e os gritos começaram. Mesmo com as mais poderosas pragas e maldições sendo vociferadas aos berros, eles não se intimidaram. Os invasores romanos mataram os nossos e profanaram o bosque sagrado com fogo!

– Eles queimaram o bosque? – Truta arregalou os olhos e pôs as duas mãos na careca. – E ainda continuaram vivos! Como?

– Também não entendo... – Caomh encarou o fogo acolhedor. – Talvez os Deuses deles sejam mais poderosos que os nossos.

– Impossível! – Truta socou o chão de terra batida. – Aqui é o lar Deles, aqui é onde são adorados. Eles já caminharam por essas terras, plantaram muitas daquelas árvores sagradas, caçaram naquele bosque. Nos ensinaram sobre a colheita, sobre como forjar, sobre como construir com madeira e pedra. Como Deuses vindos de longe poderiam ser mais poderosos?

Fergal estava em silêncio com as mãos sobre o fogo, quase tocando as labaredas. Olhava para frente, mas para além das chamas.

– Talvez os nossos Deuses estejam mais preocupados com si próprios do que conosco – o gorducho deu de ombros. – Talvez a gente tenha esquecido algum ritual e isso os desagradou. Você sabe como muitos dos Antigos são melindrosos.

– Somos centenas de druidas, Caomh. – Truta desenhou uma tríscele no chão com a unha comprida e suja. – Mesmo que alguns de nós tenhamos esquecido os segredos que os Deuses ensinaram aos nossos ancestrais, a maioria ainda se recorda e faz os rituais com muito rigor. Até mesmo o sangue continua a fluir sobre as pedras de sacrifício.

– E você, mestre Fergal, o que pensa sobre a nossa ruína? – O gorducho coçou uma frieira entre os dedos encavalados e não conteve o sorrisinho satisfeito.

– O nosso problema – Fergal pigarreou. – É que ainda dependemos dos Deuses até para cagar.

Truta e Caomh tocaram as virilhas em sincronia, os olhos arregalados, as bocas abertas.

– Vocês discordam? – Fergal tirou a mão do fogo, o pungente cheiro de pelos queimados exalando do seu antebraço.

Trovejou lá fora, e uma lufada de vento úmido soprou pela estreita abertura e fez as chamas tremularem. Uma serpente verde-oliva entrou na tumba, fugindo do temporal, atraída pelo calor do fogo. Teve a cabeça esmagada por uma pancada certeira de Fergal.

A serpente ainda se contorcia no chão. Levou uma segunda pancada da pesada rocha ensanguentada.

Aquietou-se.

– Pronto, meu amigo rotundo – Fergal sorriu. – Agora não ficaremos em jejum. E nem precisei pedir a Nodens ajuda para essa caçada.

Gargalhou, e o som estridente se sobressaiu ao barulho da chuva.

– Acho que estamos fodidos o suficiente para irritar os Deuses – Caomh tremelicou, arrepiado por causa do vento em suas costas. – Se temos algum fio de esperança é com a ajuda dos poderes da nossa terra.

– Eu mesmo não ponho o meu barco na água sem pedir a permissão de Bedaius ou mesmo a Boria para acalmar a fúria do Vento Norte! – Truta pegou a cobra que Fergal matara e começou a limpá-la.

– Creio que os romanos nunca pediram a permissão do nosso *grande* Deus do mar, e mesmo assim trouxeram centenas de navios até a costa. – Fergal atirou a pedra ensanguentada no fogo e as fagulhas brilhantes subiram, bailando, antes de se tornarem cinzas invisíveis na escuridão.

– Se *o maior dos druidas* já não acredita nos Deuses, então a nossa ruína foi sacramentada. – Caomh cheirou o dedo que coçara a frieira e fez uma careta. – Acho que podemos nos render e virar escravos deles.

– Quem disse que eu não acredito? – Fergal aprumou as costas. – Eu acho que os Deuses deixaram de reparar em nós por causa do excesso de barulho.

– Como assim? – Caomh pôs um pouco mais de madeira no fogo.

– Pedimos ajuda para cada parto, para cada pescaria, para cada caçada, para cada batalha, até mesmo nas brigas entre aldeias! – Fergal se levantou e correu até a entrada da tumba enquanto os outros dois se entre olhavam.

Veio arrastando mais galhos molhados.

– Vou deixá-los aqui do lado do fogo para irem secando. – Fergal se sentou e pôs as mãos sobre os joelhos enquanto observava Truta retirar as tripas da serpente. Começou a assoviar baixinho. – Por que está me olhando com essa cara, gorducho?

– Você estava falando sobre os Deuses e...

– Ah, é, me lembrei! – Deu um tapa na testa. – Sim, nós invocamos a ajuda dos Deuses até para cagar, e esse é o nosso maior erro!

– Eu acho que Eles gostam de ser lembrados, de ter seus nomes clamados por nós. – Truta trespassou a carne com um graveto fino e o pôs sobre o fogo.

– Imagine que você tem um filho e o ranhento te chama incessantemente para tudo. – Fergal juntou as mãos como se fossem uma boca. – Pai, quero comer! Pai, o cachorro mijou no meu pé! Pai, o gato roubou a minha carne! Pai! Pai! Pai! Nós fazemos a mesma coisa. Se eu fosse um Deus estaria enfezado! E não iria mais ouvir nenhum clamor desses *filhos* pidões.

– Nunca havia pensado assim – Truta passou a mão na careca. – E até que você tem razão. Não sei se os romanos bradam pelos seus deuses para tudo.

– Verdade... Você tem razão! – Caomh espirrou. – Deve ser insuportável ser importunado por coisas menores.

– É óbvio que eu tenho – Fergal estalou os dedos. – Eu sou o mais sábio de todos. Eu sou Fergal, filho de Eithne, sobrinho de Wāðsige!

– Fergal será um grande guerreiro! – Caden ergueu o neto do seu finado amigo Bláan e o colocou sobre os ombros. O menino riu e segurou na testa tatuada dele com as mãozinhas sujas de terra. – E, se for a vontade dos Deuses, lutarei ao seu lado.

– Fergal vai ser o que ele quiser, Caden. – Eithne colhia framboesas maduras para o bolo que faria mais tarde. – Não é a guerra que dá valor aos homens. É como eles se portam, inclusive na ausência dela.

– Ah, minha cara! – O guerreiro, de rosto desenhado por cicatrizes antigas e recentes, pegou uma das frutinhas vermelhas e a comeu, ato repetido pelo menininho. – Você é sábia, eu sou apenas um homem ranzinza que nunca ficou uma primavera sem batalhar.

– Eu acho que devemos comemorar a paz, mas com as armas prontas para a guerra. – Wāðsige trazia um balde de leite de cabra que seria usado para fazer bolo e queijo. – Que Fergal seja o que quiser, mas que saiba manejar a espada. E ele terá a melhor desta aldeia!

Eithne e Caden assentiram, enquanto o menino estava mais preocupado em alcançar as frutinhas mais maduras nos galhos mais altos.

Doze outonos depois...

– Vamos, Fergal! – Ruadh, o seu tio, emparelhou o seu cavalo à égua do jovem, que usava um elmo grande demais para a sua cabeça. A peça de bronze sobre um gorro de lã subia e descia a cada trote, tapando a visão do garoto que seguia para a sua primeira batalha. – Não tema, Andraste está conosco!

– E o seu avô também! – Caden, de cabelos acinzentados como a prata, instigou a própria égua a avançar, o pescoço adornado por um grosso torque de ouro sobre a armadura de malha de ferro bem trançada. – Vamos dar uma lição nesses safados ladrões de gado.

Trinta e cinco cavaleiros avançavam contra um bando que roubara os animais enquanto pastavam. Os ladrões haviam dado uma sova no pastorzinho que se recusara a fugir e mataram o seu cão que viera defendê-lo. Levaram três vacas, dois bezerros e dez carneiros e ovelhas, valiosíssimos para a aldeia de Caden, ainda mais em tempos de escassez imposta pelos reis que se curvaram aos romanos e que cobravam tributos cada vez mais altos.

A chuva fina gelava a pele e o jovem Fergal tremia. E o vento que soprava do mar fazia os seus dentes baterem em um tamborilar descontrolado. Pela sei-lá-quantas-vezes desde que iniciara a cavalgada, arrumou o elmo frouxo e liberou a visão dos olhos verdes como os funchos que nasciam na beira da estrada.

– Ah, eu adoro o cheiro do sal! – Espirro inspirou a maresia, o nariz comprido puxando o ar com força. – Hoje está um lindo dia para matar uns ladrões.

– Lindo dia? – Leitão, mal-humorado, olhou para cima e viu o véu cinza-claro encobrindo o Sol, que não apareceria tão cedo. – Eu preferia estar tomando meu caldo de carne com ovos à beira do fogo.

– Você sempre prefere estar comendo, meu gordo amigo! – Espirro espirrou. – Mas não se esqueça de que eles roubaram o nosso gado. E no próximo inverno o seu caldo pode ficar mais ralo.

– Hum... Filhos de uma foca sem cu! – Leitão sacou a sua espada. – Andraste!

Cerca de sessenta homens munidos com ancinhos, lanças, enxadas, machados e pedaços de pau teriam de lutar, pois os cavaleiros já estavam a menos de quinhentos passos de distância, no comprido corredor ladeado pelo mar do lado direito e pela encosta íngreme do lado esquerdo.

Amarradas em estacas presas ao chão, as reses pastavam tranquilas as gramíneas temperadas com o sal soprado do mar.

– Saca a sua espada, Fergal! – Ruadh berrou. – E faz aquilo que já treinamos nas caçadas. É chegado o momento de você honrar o presente que a minha irmã te deu!

O jovem Fergal sacou Toque de Babd, a ótima espada que a tia lhe dera para a sua primeira batalha. A lâmina feita com aço bem forjado e polido até não ter nenhuma ranhura era melhor até mesmo que a arma de Caden.

– Mate esses porcos, filho! – Caden tomou a dianteira do grupo, que agora avançava como uma cunha. – Ataque com vontade. Andraste está te observando.

– Faremos escravos?

– Só se alguém se render, Ruadh. – Caden, que não usava elmo, desembainhou a espada. – Os demais vão virar sacrifícios para a Deusa!

– E alimento para os vermes! – Espirro sorriu.

– Eu preferia lutar a pé. – Leitão segurava as rédeas com a mão esquerda enluvada por couro grosso, a espada na mão direita, apontada para baixo.

– Tenho certeza que o teu cavalo também adoraria não ter

tanto peso sobre o lombo! – Espirro devolveu o sorriso para o guerreiro ao seu lado, que gargalhava.

– Filho de uma cabra manca! – Leitão apontou a espada para o amigo. – Não vou salvar o seu rabo se você for atacado.

Ninguém dos ladrões sorria: todos tensos, apertando os cabos das suas armas. Um jovem correu e se atirou no mar, mas as ondas furiosas o jogaram na direção das rochas, uma, duas, três, quatro vezes até que ele parou de se mexer. O medo pesava no ar, cada vez mais denso, asfixiante.

Houve gritos e até mesmo lágrimas teimosas escorreram pelos rostos sulcados de rugas, mas nenhum outro tentou fugir.

Cem passos os separavam, e os cascos deixavam cicatrizes na terra fofa e úmida. Gaivotas silenciosas pairavam sobre eles e um bando de golfinhos veio nadar perto da costa, como se os espertos animais estivessem curiosos para saber o desfecho da batalha.

Os ladrões formaram uma fileira torta sob o comando de um velho com o rosto marcado pela doença.

– Lanças e forcados à frente! – Ele berrou e pegou o seu escudo oval de madeira recoberta por couro pintado com listras vermelhas. – Vamos matar esses bostas de bode e roubar as suas armas e os seus cavalos!

Quatro ou cinco homens gritaram empolgados. A maioria gostaria de ser como os bodes e poder escalar a encosta íngreme para fugir dos perseguidores.

– É agora, Fergal! – Ruadh travou as coxas e segurou as rédeas com força. Das grandes narinas do cavalo preto como a noite sem lua saía vapor, e torrões de terra eram levantados pelos cascos brilhosos.

À frente, Caden acabara de rasgar o rosto do velho que comandava a turba. E o coice da égua que montava quebrou algumas costelas de um magricela que estocara a lança nas costas do seu senhor, sem conseguir perfurar a cota de malha.

O homem, que lembrava uma enguia, começou a chorar, a mão logo abaixo do coração, cada inspiração doendo como se ele sorvesse agulhas. A ponta afiada de uma lança atirada por um dos cavaleiros rompeu-lhe o osso esterno e terminou a sua dor e pranto.

A espada de Espirro entrou na goela de um meninote e a alma dele deixou a carne no instante em que o aço lhe saiu pela nuca.

– Seu vômito de foca! – O podão do mais alto dos ladrões cortou o couro da bota de Leitão e fez-lhe a pele arder. A lâmina muito bem afiada da espada do gorducho abriu um talho no crânio do homem de cabelos vermelhos, que caiu de joelhos e

tombou para o lado, os olhos revirados nas órbitas e a boca vazando uma baba rosada.

Um braço segurando um machado voou.

Um grandalhão tatuado berrou quando a espada de Ruadh, o Faísca – como ficara conhecido o jovem ruivo e sardento depois das suas primeiras batalhas, pois avançara ligeiro contra os inimigos cortando, aleijando, matando sempre com um sorriso no rosto –, pinicou-lhe o olho direito. O sangue escorreu pela bochecha do brutamontes e lhe emplastou a barba castanha.

Por mais de uma vez o elmo de Fergal encobrira parcialmente a sua visão, mesmo assim a lâmina de Toque de Babd encontrou o peito de um dos ladrões de gado. A velocidade da égua fez o restante do trabalho e o aço penetrou um palmo na carne do adversário, fendendo cartilagens e ossos. O homem de barba preta comprida que trajava apenas um camisão de linho gritou e caiu com a mão sobre o ferimento, o sangue vazando por entre os dedos.

Cerca de vinte ladrões ainda lutavam. Dez haviam jogado as armas no chão e se ajoelhado, os demais estavam mortos ou feridos.

Espirro acertou a parte chata da lâmina da espada na testa de um meninote que dava pauladas na sua montaria. O garoto de cabelos encaracolados largou a arma improvisada e começou a chorar, o vergão vermelho aceso no lugar da pancada.

Fergal galopou em perseguição a um fugitivo que era rápido como uma lebre. E, mais uma vez, o elmo atrapalhou a sua visão. Caiu da égua quando um homem largo como um urso o acertou com a lança, que, graças ao couro que protegia o seu torso, não lhe tocou a pele. A espada voou da sua mão quando se estatelou de costas no chão.

Bateu em uma pedra e caiu. Perdeu-se no mar bravio.

Ainda tonto e meio sem ar, Fergal se ergueu, desarmado, os olhos verdes arregalados, agora livres do elmo que jazia no chão. Pulou para o lado e a lâmina da lança tocou os seus cabelos revoltos. Cambaleou vendo o inimigo dançar à sua frente, a visão turva, o coração explodindo no peito. Desviou, trôpego, de um segundo golpe que furaria a sua barriga.

Não teve a mesma sorte com o terceiro. Teve a coxa espetada até a ponta raspar o seu fêmur. Caiu sentado, a mão sobre o ferimento profundo, o berro ecoando pelo campo de batalha. Fechou os olhos quando viu o seu oponente vindo em carga, a ponta ensanguentada na direção do seu rosto coberto por lágrimas de dor e vergonha.

Mas a morte não veio.

Fergal reabriu os olhos, hesitante, e viu a cabeça do ladrão a três palmos de distância dos seus pés, bem ao lado do elmo que quase lhe trouxe a ruína. E, logo à frente, um cavaleiro sorridente com a espada erguida.

– Você acha que eu permitiria que o meu único sobrinho morresse nas mãos desse merda? – Ruadh desmontou. – Nunca! Mesmo porque eu apanharia até o inverno da sua mãe e de Wāðsige.

Fergal não conteve o choro, e a escaramuça teve fim com mais de cinquenta ladrões de gado mortos e um punhado de homens rendidos e que agora seriam escravos. Ninguém do bando de Caden pereceu ou teve ferimentos letais.

– Vamos para casa, meu jovem! – Caden esticou a mão para Fergal, que se ergueu com dificuldade, apoiando-se apenas em uma das pernas. – Você matou o seu primeiro inimigo e vai ganhar a sua primeira cicatriz de batalha. Hoje à noite iremos comemorar.

Os guerreiros gritaram. Os capturados seguiam mudos. Ruadh, Leitão e Espirro uivaram.

– Não há o que comemorar... – Cabisbaixo, Fergal olhou para o voraz mar que engolira a ótima espada que nunca mais beberia do sangue dos inimigos.

.

.

.

– A febre dele não baixa! – Eithne pôs a mão na testa suada do filho. – Ele está pegando fogo.

– Aquela merda de lâmina devia estar enferrujada! – Wāðsige trouxe um pano molhado. Começou a passá-lo no peito desnudo e de costelas salientes do sobrinho. – Ou enfiaram ela na merda...

– Não importa! – Eithne juntou as mãos em prece. – Há dois dias ele está queimando. E vai morrer se o seu corpo não conseguir combater a doença.

A mãe tirou a bandagem, descobrindo o ferimento, que vertia pus e cheirava mal como queijo rançoso. A gata cinza pulou sobre a cama do jovem e se aninhou perto da sua cabeça.

Fergal gemeu algumas palavras ininteligíveis e abriu os olhos por alguns instantes, o verde das íris envolto de um vermelho doentio. Não enxergava ninguém ali. Tornou a **fechá-los** *e permaneceu falando em uma língua desconhecida, os lábios ressecados, a respiração baixinha como se o ar não tivesse forças para sair.*

A gata deu um miado longo, mostrando as presas, como se

quisesse afastar um mal invisível. Sibilou, as orelhas para trás, as patas atacando o ar.

– O espírito dele quer deixar o corpo... – A avó entrou na casa circular, apressada. Trazia um punhado de ervas em uma mão e cogumelos na outra. – Os meus conhecimentos só permitem que um frágil fio se mantenha atado à carne, mas logo ele irá se romper. A gata está nos mostrando isso.

A tia umedeceu um pano e passou na boca ressecada que seguia balbuciando frases indecifráveis, agora muito parecidas com um gemido doloroso.

Eithne chorou alto e foi consolada pela irmã.

– Espero que Caden volte logo. – Wāðsige olhou para fora e viu as trevas se adensarem, sufocando a luminosidade do céu azul como as centáureas que desabrocham na primavera.

– Eu espero que ela *o acompanhe. Apesar de eu não ter muitas esperanças. – A avó pôs as ervas e os cogumelos na pequena panela de bronze sobre o fogo e começou a entoar um cântico enquanto mexia o caldo fumegante com uma pequena colher de pau.*

.

.

.

– Vá embora, pequeno guerreiro! Seu chefe de uma aldeiazinha sem importância! – A velhota tinha a voz estridente, e o ralhar com Caden fez um bando de verdilhões começar a cantar nos galhos das groselheiras que ladeavam a sua casa, cujas paredes exibiam o brilho do barro ainda fresco, úmido. – Vá logo, ou eu faço a sua língua apodrecer na boca e você nunca mais poderá falar.

Caden engoliu em seco e tocou o punho da sua espada. Manteve-se imóvel enquanto a velhota curvada caminhava a passos arrastados até a porta entreaberta. De lá de dentro saiu uma cadela tão velha quanto a sua senhora, os pelos do focinho brancos, as pisadas lentas. Bocejou e se deitou sob o sol fraco da tarde de outono.

A velhota parou e se virou de súbito.

– As suas pernas travaram, chefezinho? – Sorriu, exibindo os dentes bem alinhados e amarelados como favos de mel. – Ou se borrou todo e está com medo de que a merda escorra por elas e suje o meu lar?

Gargalhou, e um pintassilgo se juntou à cantoria dos verdilhões. A cadela, em seu confortável leito de folhas secas, começou a roncar, pouco se importando com a discussão entre os dois ou com a algazarra acima dela.

– Minha senhora, eu lhe imploro, há um jovem à beira da morte que precisa dos seus conhecimentos – Caden se ajoelhou. – Fale o seu preço que nós pagaremos. Não temos muito, porém tudo o que pedir será...

– Jovens morrem todos os dias. – A velhota esticou o braço e abriu a mão nodosa, um dos verdilhões veio comer as sementes secas de ulmeiro na palma amarelada. – Morrem na guerra, de doença, fazendo coisas estúpidas que os jovens fazem. Por que eu deveria me importar tanto com esse jovem Fergal?

Caden abriu a boca para responder, mas as palavras não saíram.

– Então, pequeno chefe, por que eu deveria me preocupar em salvar esse tal Fergal? – Outro verdilhão pousou sobre a sua mão, de onde pareciam brotar mais e mais sementes. – Por que ele é tão importante a ponto de você me oferecer todas as riquezas da sua aldeia?

– Porque... – Caden hesitou. – Porque ele é o seu neto!

A velha arregalou os olhos, e até mesmo a cadela abriu os seus. Deixou cair as sementes e pôs a mão no peito. Os verdilhões vieram todos disputar os petiscos no chão e voaram quando Caden se levantou e se aproximou dela.

– Sim, ele é filho de Fáelán. – Caden, três palmos mais alto, pôs as mãos sobre os ombros frágeis da velha. – Eithne guardou esse segredo. Sabia que você odiava Bláan por ter matado o seu marido. Mas ela e o seu filho se amaram até o último suspiro dele.

– Isso é impossível! – Levou as mãos à boca. – Ele me falaria. Ele me contava tudo.

– Talvez ele tenha tido medo de te decepcionar, mestra Óebfinn – Caden arriscou acariciar os cabelos loiros, quase brancos, da mulher, que cheiravam a jasmim. Ela retribuiu com um sorriso, os olhos verdes vertendo água.

– Pode ser, pode ser. – Limpou o rosto com as costas da mão. – De todos os meus dez filhos, ele era o mais próximo. Foi o único que nunca se interessou pela guerra. Contudo, assim como todos os seus irmãos, pereceu por causa dela.

– Eu também perdi muita gente naquela batalha contra eles. *– Caden se afastou e olhou em direção ao campo onde os bretões foram massacrados pelos invasores. – Perdi...*

O guerreiro se calou.

– Eu sei que lá morreram Bláan e o seu filho Barr – Óebfinn soluçou. – E lá se foram todos os meus filhos. Nove empunhando as suas armas. Fáelán ajudando os feridos com a sua magia.

– Sim, atingido pelas costas – Caden baixou a cabeça. – Caiu por cima do menino que tratava e isso salvou a vida do pequeno.

– O último feito do meu filho. – Óebfinn juntou as mãos em prece. – Ele seria um druida maior que eu. Maior que o teu pai, Caden. Ele entendia os anseios dos Deuses.

O chefe assentiu.

– Eu vou com você, e descobriremos se o jovem Fergal é mesmo o meu neto.

Óebfinn entrou na casa e, depois de um tempo, voltou com uma mochila de couro bem cheia e pesada. Foi ajudada por Caden a montar a égua e partiram rumo à *aldeia com o Sol se pondo às suas costas, a cadela os fitando de canto de olho, enquanto aproveitava o último calor do dia, dormitando sobre a cama de folhas secas.*

.

.

.

– Obrigada, mestra Óebfinn. – A avó de Fergal beijou-lhe as mãos de pele fina como o tecido vindo de um lugar distante, de um tal Oriente, trazido pelos invasores. – Obrigada por vir até aqui para curar o meu menino.

– Não me agradeça ainda. – Sua voz era seca como o estalar de uma fogueira. – Eu não sei se posso curá-lo.

Caminhou devagar até o leito de Fergal, pisando com firmeza no solo de terra batida para marcar a sua presença. Pegou uma lamparina a óleo sobre o banco comprido para poder vencer a penumbra que o rodeava. Fuçou na sua mochila até encontrar um amuleto feito de vime trançado e ossos. Colocou-o sobre o peito suado do jovem, que tremia muito.

– Saiam, espíritos! – A velha estalou os dedos três vezes sobre a cabeça do neto de Bláan. – Ele ainda não precisa ser guiado até o outro mundo. Saiam, que agora ele está sob a minha proteção.

Um vento inesperado entrou pela porta e balançou os peixes defumando sobre a fogueira e os cabelos soltos de Wāðsige e Eithne, que deram as mãos e murmuram preces.

Óebfinn tirou o curativo da coxa de Fergal e pôs a mão sobre o nariz, o rosto expressando asco. Vasculhou a mochila e retirou de lá um pequeno odre feito de bexiga de ovelha protegida por couro. Abriu a tampa e verteu com cuidado um pouco do líquido vermelho, viscoso como mel, na boca de Fergal, que tossiu, mas engoliu o suficiente.

– Me tragam um pouco de óleo. – Óebfinn aproximou a

lamparina do ferimento infeccionado e premeu os olhos, ainda com a mão sobre o nariz. – Rápido!

Eithne trouxe uma jarrinha de cerâmica com o precioso óleo de baleia.

– Eu devia te odiar, te rogar maldições, mas, se o meu filho te amava... – Óebfinn encarou-a com os olhos verdes refletindo as chamas. – Ele sempre foi mais sábio que eu.

– Por favor, salve o meu Fergal. Salve o seu neto! – A filha de Bláan lhe entregou o óleo.

– Tentarei salvar o jovem, Eithne. – Óebfinn voltou a fixar os olhos em Fergal. – Se ele é mesmo o meu neto, descobriremos se ele sobreviver. Agora saiam todos! Menos você!

Sem se virar, ela apontou para a avó do jovem, que se aproximou. E todos que ali estavam saíram da casa circular, no instante em que o neto de Bláan voltou a gemer.

Óebfinn murmurou uma prece enquanto derramava o óleo sobre o ferimento. A mãe de Eithne também fazia suas preces silenciosas.

– Que o fogo queime a doença! – Tocou a chama da lamparina no ferimento e labaredas se levantaram. Logo veio a fumaça preta e o cheiro nauseabundo do pus e do sangue que borbulhavam. – Que o fogo purifique a carne! Que o fogo funda novamente o espírito ao corpo!

Fergal gritou sem abrir os olhos. A sua avó chorava, a agonia escorrendo do rosto que envelhecera dez invernos em um dia.

A chama se apagou e o jovem parou de gritar, a cabeça tombada de lado, a boca aberta puxando o ar em inspirações curtas.

A velha druida fuçou novamente dentro da mochila e retirou um embrulho feito de folhas. Abriu-as com cuidado e pegou com os dedos o emplastro esverdeado. Pôs com delicadeza sobre o ferimento queimado.

– A minha cura está feita. – Limpou os dedos no vestido.

– Ele vai ficar bom? – A avô tinha as mãos unidas, suplicantes.

O jovem já não se debatia, mas a sua respiração agora se tornara fraca, quase imperceptível. A gata cinza pulou sobre a cama e se deitou ao lado do rosto de Fergal. Miou chorosa.

– Você sabe, tanto quanto eu, que Fergal chegou aos campos do outro mundo. – Óebfinn fixou os olhos verdes na anfitriã, que baixou os seus. – Assim que passei pela porta senti a sua alma cercada por sombras.

– Sim...

– Você fez um trabalho decente para mantê-lo vivo. – A velha

caminhou devagar até o fogo cercado por pedras no centro da construção. Sobre ele, uma pequena panela de ferro fumegava.
– Mostrou que é uma iniciada, apesar de usar as formas mais rudimentares de cura.

– Foi o que eu aprendi e...

– Quando o espírito se descola da carne, quando já vislumbra o outro mundo, até mesmo as curas mais poderosas e secretas não fazem efeito. – Óebfinn tirou um pote cheio de teias de aranha da mochila e colocou-as sobre o emplastro verde, formando uma bandagem. – E você sabe o que precisa ser feito!

– Sim. Eu... sei.

A avó se aproximou do neto e beijou-lhe a testa, de onde não mais brotava suor. Agora estava fria. Fria como a pele dos mortos. Uma lágrima caiu sobre a bochecha recoberta por uma barba ainda rala e falhada. E depois outra. E, por fim, uma terceira. Foram limpas pela mão calejada, mas de toque terno.

A velha anfitriã caminhou com a coluna ereta até a fogueira. Pôs um pouco do caldo amarelo bem escuro em uma tigela de madeira.

– Que Andraste dê forças para o meu Fergal! – A avó segurou o pingente de ouro que representava a Deusa. Inspirou devagar por três vezes, os olhos fechados, as lágrimas umedecendo a pele enrugada.

– Que Andraste dê forças a ele! – O rosto de Óebfinn já não era tão sisudo, tampouco emanava dele o desprezo pela avó.

Segurou a pequena tigela entre as mãos e se sentou aos pés do neto. A gata veio se aninhar no seu colo, ronronando, soltando miados bem baixinhos.

A velha druida tirou um cogumelo seco da mochila e o pôs na boca da anfitriã.

– Você não sentirá nada. E esse é o melhor presente que posso te dar. – Esboçou um sorriso. – Quando começar a sonolência...

– Será a hora de partir. – A avó mastigou devagar e engoliu com uma careta. – Muito obrigado, Óebfinn. Que um dia a gente possa se reencontrar e se abraçar.

– Quem sabe? – Óebfinn pôs a mão sobre o joelho da anfitriã. – Acho que, se isso acontecer, posso até começar a gostar de você.

A esposa de Bláan riu sem abrir a boca, soltando o ar pelas narinas.

– Vó, aonde você vai? – Fergal delirava. – Posso ir com você?

– Essa viagem farei sozinha, meu menino. Que você possa viver, meu Fergal! – Tomou todo o líquido com goles curtos, ruidosos. – Que você possa ser grande!

– Então vai com a Deusa – Fergal sussurrou. – E venha me buscar quando for a minha vez.

A mãe de Eithne se deitou ao lado do neto, a gata entre eles, ronronando.

– Que você aproveite muitas primaveras, meu neto. – Ela piscou devagar, uma, duas, três, quatro vezes.

Fechou os olhos.

Para nunca mais abri-los.

– Há quanto tempo nós nos conhecemos, Fergal? – Caomh fungou, o rosto vermelho, o ranho escorrendo do narigão cujos pelos compridos se enovelavam na barba farta e preta. – Nunca soube que a sua avó se sacrificou para você viver.

– Nem eu! – Truta mastigava um naco da cobra. – Que prova de amor!

– Nunca contei essa história pra ninguém. – Fergal sorveu o ar pela boca, contendo-se, piscando os olhos depressa para espantar as lágrimas que quase brotavam. – Eu amava a minha avozinha, e até hoje não sei se foi uma troca justa... Não sei se honrei a sua morte.

– Você é um bom homem. – Truta apontou para o amigo, o dedo brilhoso. – Ranzinza como um texugo velho, irritante como um galo cantando na orelha antes de o Sol nascer, mas é um bom homem.

– Talvez. – Fergal encarou os próprios pés. – Gostaria de ter essa certeza.

O estalar da fogueira era o único som que se ouvia na tumba. Lá fora, a chuvarada cessou e o vento forte deu uma trégua.

– Mas eu quero saber se você era mesmo neto de Óebfinn. – Caomh limpou o rosto na manga suja da sua túnica. Assuou o nariz com a mão e fez o catarro voar até a parede da tumba.

– É mesmo! – Truta cuspiu uns ossinhos. – Como termina essa história?

– Tudo o que lhes contei me foi contado por Óebfinn. – Fergal se levantou com dificuldade, os joelhos estalando. Aprumou as costas com as mãos na cintura. – Mas eu consigo enxergar tudo com perfeição, como se não tivesse estado desacordado e à beira da morte.

– Pode ser que o seu espírito tenha se descolado todo do corpo, que você tenha flutuado para fora da carcaça. – Truta mastigava de boca aberta. – E você viu tudo isso com os próprios olhos!

Fergal deu de ombros.

– E você é mesmo o neto de Óebfinn? – Caomh tamborilava os pés grandes e peludos.

O velho druida desatou o grosso cordão que segurava as suas calças e arriou-as, exibindo uma bunda murcha e branca.

– Que porra é essa, Fergal? – Truta abriu os braços. – Se quer cagar, vai pro outro lado!

– Aqui está a sua resposta, gordão! – O velho apontou para uma mancha escura que saía do rego e pegava quase toda a nádega esquerda.

– O seu rabo é a resposta se você é ou não neto de Óebfinn? – Caomh franziu o cenho.

– Sim – Fergal sorriu. – Meu pai, Fáelán, filho de Óebfinn, tinha a mesma marca. E, quando a minha avó a viu em mim, teve certeza de que eu era o seu legítimo herdeiro.

– Parece a cabeça de um corvo... – Truta se aproximou, os olhos apertados. Fez uma careta em seguida. – Pelo cu de peludo de Atepomarus! Que cheiro horrível. Você não lava essa bunda?

– Escapou uma bufa. – O velho druida gargalhou e ergueu as calças. – Agora chega de falar do meu rabo.

O gorducho enxugava as lágrimas, agora de felicidade, a barriga subindo e descendo por causa das risadas.

– E depois que você voltou dos mortos, o que aconteceu? – Truta cuspiu para tirar o gosto ruim da boca.

– Fui morar com a minha avó. – O semblante de Fergal se fechou. – Ela exigiu isso, dizendo que, sendo o seu neto, eu não iria mais para a guerra, mas sim me tornaria um grande druida, assim como ela. Minha mãe e a minha tia tiveram de aceitar. Afinal, eu estava às portas do reino dos mortos e ela me trouxe de volta.

– Você se tornou um druida. – Caomh tossiu. – Grande? Isso eu discordo.

– Sou maior que a sua barriga! Quando você conseguir enxergar o seu próprio pau volte a falar comigo. – Fergal deu um tapa na pança do amigo. – Vamos descansar, pois ainda precisamos salvar essa merda de ilha.

*

– Vamos permitir que esses merdas dominem a nossa ilha? Vamos fugir com os rabos entre as pernas? – Buddug, de pé sobre a sua égua preta, ergueu a lança comprida, sua ponta rombuda depois de perfurar tantas armaduras e ossos. – Nós os massacramos em Camulodunum e vamos vencer novamente. Andraste quer se banhar no sangue dos romanos. E as nossas armas irão dar o que a Deusa anseia!

Atrás dela, as colunas de fumaça subiam aos céus, distantes, mas bem visíveis tanto para os bretões quanto para os invasores. E cada um dos povos as entendia como um presságio diferente.

Cerca de dez mil homens e mulheres berraram. Os que estavam à frente, por ter ouvido as palavras da rainha dos icenos proferidas pela voz potente como um trovão. Os mais distantes seguiram a empolgação da turba.

– Ela disse que iremos invadir Roma depois da batalha de hoje – um velhote cego do olho esquerdo cuspiu, o bafo de álcool ofendendo as narinas de quem estava ao seu redor nas últimas fileiras do exército. – E lá poderemos beber todo o vinho que quisermos.

– A rainha disse que iremos invadir Roma? – Um garoto de cabelos raspados franziu o cenho. – Eu não escutei nada disso, meu avô, e os meus ouvidos são melhores que os seus. Na verdade, não entendi nada, mal ouvi a sua voz.

– Mas é claro que disse! – O velho soluçou. – Ela sabe que os homens só seguem quem provê riquezas e boa bebida.

Vomitou nas costas de um dos guerreiros.

– Seu chupador de cu de porco! – O homem que empunhava o gládio de um dos mortos da colônia acertou um soco no rosto do velho, que apagou. O neto, sem hesitar, chutou-lhe as castanhas, o que o fez miar e cair com as mãos entre as pernas. Começou assim uma pequena escaramuça na retaguarda dos bretões enquanto a vanguarda avançava, alheia ao que acontecia lá atrás.

A cerca de duas milhas, o exército romano vinha do noroeste pela estrada que eles mesmos alargaram e pavimentaram em alguns trechos para facilitar o trânsito de suprimentos e homens. Vinham da distante Colônia Lindo, em socorro à Colônia de Camulodunum, uns dois mil soldados em marcha ordenada, além de quinhentos cavaleiros.

Chegaram tarde.

A cidade estava em chamas e as grandes colunas de fumaça subiam aos céus, grossas como troncos de carvalhos. Mas, em sua grande soberba, os romanos não haviam mandado batedores. Tinham a convicção de que romperiam facilmente o cerco e logo se juntariam aos seus confrades para comemorar mais uma vitória contra os selvagens, os bárbaros daquelas tribos que mais se preocupavam em brigar entre si.

– Espero que aqueles velhos não tenham esvaziado todos os cântaros – Um tribuno se levantou um pouco da sela e coçou a virilha suada. – Estou com sede e o nosso vinho está quase no fim.

– Espero que a gente não se canse tanto na batalha. – O mancebo que cavalgava ao seu lado apertou-lhe a coxa. – Temos que ter força para outro... exercício.

– Ah, mesmo que eu lutasse por dias, ainda assim, meu caro, ainda assim! – O jovem tribuno de rosto bem barbeado e cabelos castanhos cacheados devolveu o afago.

Os dois trocaram sorrisos e continuaram a conversar enquanto venciam o caminho poeirento. Muitos soldados resmungavam devido à jornada cansativa que começara há três dias.

– Dessa vez a minha ração acabou no primeiro dia – Um baixinho atarracado coçou um piolho no cabelo que escapava pela borda do elmo. – Se eu não tivesse comido umas frutinhas no meio do caminho, estava fodido.

– O problema não foi a comida, mas a bebida que estava com gosto de mijo de velha – o soldado ao lado fez uma careta. – Como não havia vinho para todos, nós ficamos com a cerveja rançosa e aguada.

– Mijo de velha – o baixinho riu. – Nunca tomei!

Outros se mantinham quietos, mascando raízes, perdidos em pensamentos distantes, que faziam as suas mentes não estarem ali.

Buddug, Cynbel e todos sob o seu comando cavalgaram com as armas em punho, seguidos por guerreiros que corriam, incansáveis, buscando a vingança e a glória contra os invasores. A recente vitória – e o vinho dos romanos – lhes deu ânimo e vontade.

– A Deusa da guerra voltou a se alegrar com a gente! – Um druida corcunda emparelhou o seu cavalo ao lado do de Cynbel. – Ela viu a bravura da nossa rainha. Ela sabe que o sangue da nossa Terra corre nas veias de Buddug.

– Que ela nos ajude a vencer mais essa batalha! – Cynbel apertou o punho da espada.

– Confie, meu jovem! – O druida olhou para o céu e viu que uma nuvem em formato de lobo estava sobre eles. – Não é a águia de Roma que vai vencer hoje!

O chão tremeu, e dessa vez foram os bretões que causaram o *terremoto*. Os pássaros voavam das árvores, os esquilos se entocavam, e até mesmo um grande cervo vermelho que pastava perto do riacho correu e se embrenhou na segurança da floresta.

– Eles estão vindo! – O legado Quintus Petillius Cerialis, general-comandante na vanguarda da grande coluna, apontou para a frente, de onde, a cerca de mil passos, ponteavam os primeiros cavaleiros que desciam para a planície na qual estava o exército romano. – Formação de defesa. Depressa!

Os centuriões correram para organizar os seus homens e os cavaleiros foram para os flancos, pois não iriam para o primeiro embate.

– Quantos são? – Petillius Cerialis apertou os olhos.

– Não sei, meu senhor. – O decurião ao seu lado puxou as rédeas do cavalo. – Mas não devem ser muitos. Decerto houve muitas baixas em Camulodunum. Talvez esses sejam apenas aqueles que desistiram do cerco e fugiram.

– Eles não param de descer a colina. – O legado suava, nervoso. Tirou o elmo enfeitado com uma crina vermelha e secou a testa com o paludamento carmesim. O manto grosso era preso ao seu ombro direito por uma fíbula, uma espécie de alfinete de ouro incrustado com pedras preciosas de diversas cores, mostrando a riqueza e o poder de quem comandava aqueles homens.

– Tenho certeza que nós os derrotaremos bem depressa. – O decurião sorriu e foi para junto dos seus cavaleiros que iriam ficar no flanco esquerdo do campo de batalha.

O legado tornou a vestir o elmo e inspirou profundamente, os olhos fixos nos inimigos que não paravam de vir de Camulodunum.

Trezentos passos os separavam. E ainda havia bretões descendo pela colina, correndo, gritando, afoitos, tal como uma avalanche que levantava poeira.

Um gorducho tropeçou em uma raiz e rolou, derrubando três guerreiros que estavam no seu caminho. Do outro lado, um jovem caiu quando a tira de couro da sua sandália arrebentou, se estatelando de cara no chão. Foi pisoteado pelos companheiros, e o seu espírito agora iria assombrar aquela colina.

– Em formação! – Os comandantes romanos berravam. – Escudos colados, porra!

– Morte! – Buddug apontou a lança para a frente. – Morte!

– Não devem ser muitos? – Petillius Cerialis estava cercado pelos cavaleiros de sua confiança, do lado direito da planície, um pouco afastado do corpo principal do exército. – Há milhares deles! Tantos quanto formigas.

– E agora, meu senhor?

– Agora? – O legado esporeou o seu cavalo. – Galope!

O legado e cerca de trezentos cavaleiros que estavam no flanco direito fugiram como veados amedrontados pelo surgimento de uma alcateia de lobos ferozes. Devem ter até sentido o bafo quente dos guerreiros de Buddug no traseiro.

Os exércitos se chocaram.

E a terra tremeu.

*

– Ela conseguiu incendiar Camulodunum? – Fergal entregou o seu odre para um pastorzinho. O menino bebeu até saciar a sede e devolveu-o ao druida.

– Eu não vi com os meus olhos, mas assim nos contaram. – O menino soluçou, o vinho fazendo as suas bochechas corarem. – Três homens de Buddug vieram até aqui, e muitos da minha aldeia partiram com eles. Dizem que o exército da rainha é o maior que já marchou sobre essa terra. E a cada dia mais e mais guerreiros se juntam ao bando.

Um cervo vermelho apareceu do outro lado do rio pedregoso, farejou o ar antes de abaixar para beber da água que corria ligeira. Outros dez belos animais, fêmeas, filhotes e até mesmo um jovem macho que ainda não saíra para encontrar o seu próprio bando, surgiram e começaram a se refrescar. O líder levantou a cabeça coroada por uma bela galhada e encarou o grupo a cinquenta passos. Bramou e voltou majestoso para a floresta, exibindo o rabo branco.

– De todos que *reinam* nesta ilha, nunca imaginaria que Buddug seria a que lideraria a rebelião. – Caomh afastou o cinturão e coçou a barriga, onde se formara uma casquinha sobre o ferimento causado pela flecha. – E que seria seguida por tantos!

– Porque você tem a visão de uma marmota. – Fergal se agachou e pegou um cabritinho no colo. – Ela tem o ódio correndo em suas veias. Só a vingança a move e essa é uma força que rompe rochas! Algo me diz que ela será a maior do nosso tempo. E além...

– A violação do seu corpo e de suas filhas entalhou sombras no seu espírito. – Truta olhou em direção a Camulodunum, o céu encoberto por nuvens escuras. – E ela só terá paz quando conseguir vencê-los. Nem que lhe custe a própria vida.

– Sinto que nem se Roma queimar Buddug terá paz. – Fergal soltou o cabritinho, e este correu aos pulos até a sua mãe, que pastava ao lado de um arbusto de folhas peludas devorado por lagartas roliças.

– Não podemos mais ajudar os nossos em Ynys Dywyll. – Caomh apertou os lábios. – Todos devem estar mortos, então podemos tentar nos juntar a Buddug. Se ela tem tantos homens a seguindo, eles precisarão de ânimo e fé para enfrentar os invasores. Tenho certeza que nenhuma batalha contra eles será fácil.

– A última jornada dos druidas. – Truta pegou um punhado de terra e passou no rosto. O marrom escuro se entranhava nas rugas da testa e das bochechas. – Que venha a morte. Eu a recebo com prazer. A escravidão e a submissão, nunca!

– Muito obrigado, meu garoto – Fergal acarinhou a cabeça do pastorzinho. – O que você nos contou foi muito importante. Peço aos Deuses para que os seus animais sejam sempre saudáveis e engordem para a carne e o leite abundarem na sua mesa.

Truta remexeu dentro da sua bolsa de couro e jogou uma pérola ao menino. O pastor olhou a bolinha leitosa e agradeceu, meio sem jeito, por desconhecer o valor de tal presente.

– Truta, que porra é essa de passar terra na cara? – Fergal encarou o amigo.

– Agora eu e a Britannia somos um só – o careca abriu os braços.

– Certa vez eu chupava uma bela senhora dos povos do Norte. – Fergal começou a andar, seguido pelos dois. – Língua para lá e para cá, língua lá dentro e mordidinhas na rã dela, a mulher enlouqueceu e gozou. Gozou tanto que parecia que ela mijava em mim! Jatos e mais jatos quentes que jorravam a cada grito. As pernas dela começaram a tremer e ela a revirar os olhos como se estivesse recebendo uma mensagem dos Deuses.

Fergal pôs as mãos para trás e continuou a caminhar em silêncio.

– E o que isso tem a ver com a Britannia? – Truta, o rosto coberto de terra, avançou e parou na frente do amigo.

– Nada! – Fergal sorriu, os dentes muito brancos e a barba bem feita. – Mas achei que vocês gostariam de saber que uma mulher pode gozar a ponto de te molhar todo. Eu fiquei impressionado, mesmo já tendo estado com centenas delas.

– Eu nem sei por que pergunto... – Truta balançou a cabeça e continuou a andar ao lado do amigo.

Caomh, alheio à conversa e de olhos ligeiros porque a pança

roncava, se agachou para pegar quatro grandes cogumelos que enganariam a fome.

.

.

.

Os três druidas seguiram para o Leste, perseguidos pelo homem cujos cavalos eles roubaram.

– A gente não devia ter feito isso, Fergal. – Caomh olhou para trás. O fazendeiro de cabelos brancos e barba castanha comprida corria trôpego atrás deles, xingando, atirando pedras que passavam bem longe do alvo.

– Que Alus faça as colheitas dele serem abundantes e que Tridamos faça o seu gado procriar como coelhos – Fergal sorriu. – Pronto!

– Melhor nos emprestar três cavalos e ser dono da própria terra do que ser sovina e virar um chupador de rola romana – Truta olhou para trás e viu que o velho desistira da perseguição, as mãos nos joelhos, o ar escapando dos pulmões.

– Emprestar? Nós roubamos e...

– Caomh, temos a Britannia para salvar, então cale a boca e cavalgue! – Fergal instigou o garanhão, que tomou a dianteira e seguiu ligeiro pelo caminho que ladeava o rio. – Guarde as suas forças para instigar os guerreiros!

.

.

.

– Parem! – Fergal ergueu a mão enquanto o seu cavalo travava os cascos nos pedriscos do chão. Eles voavam e caíam no rio, enganando os peixinhos que acreditavam ter a boa sorte de receber comida dos céus.

Truta e Caomh também estacaram.

– O que foi? – Truta deu dois tapinhas no pescoço do seu cavalo, que, agitado, girou em torno de si mesmo.

– Tem alguém vindo – o velho olhava sem piscar para o horizonte.

– Onde? – Caomh apertou os olhos. O cavalo relinchou. – Não vejo nada!

– São romanos! – O cavalo de Fergal empinou.

– Vamos fugir! – Caomh arregalou os olhos. O cavalo ergueu o rabo e largou um monte de bosta fumegante no chão de pedriscos. – Podemos atravessar o rio e nos esconder na floresta, eu sei onde...

– Não somos ovelhas! – Fergal desmontou do seu cavalo e pegou um pedaço de madeira meio apodrecida pela umidade.

– Você vai lutar contra os romanos com um toco? – Caomh abriu os braços.

– Não, cérebro de baleia. – Fergal tocou a virilha. – Não preciso de armas, sou um druida. Sou O druida.

– Você não precisa de armas para vencer, Fergal! – Óebfinn caminhava com o neto pela trilha usada pelos pastores de cabras. – A maior arma de um druida está dentro da sua cabeça.

– Hum... – Fergal tocou o punho da faca comprida que trazia na cintura. – Mas como a nossa cabeça vai nos ajudar a contê-los?

O jovem apontou para um bando de cerca de quinze homens furiosos. Vinham aos berros, portando lanças, espadas e porretes, assustando aqueles que colhiam cevada e trigo nos campos ao redor.

– Nem tente me impedir, Óebfinn – Um homem de cabelos grisalhos trançados se adiantou. – Você pode ser uma druida respeitada, mas não irá me parar. Não hoje. Não depois do que o seu protegido fez.

– Ele não é meu protegido, Bitucus. – A velha curvada pôs as mãos na cintura. – Ele vive e trabalha nas minhas terras e me pediu que intercedesse por ele.

– Não me importo! – Bitucus apontou a espada para a druida, veias da testa saltadas, espuma se formando no canto da boca, a ponta afiada da lâmina a dois dedos do nariz dela. – Apenas saia da frente, que essa briga não é sua.

– Nem sua. – A avó de Fergal permaneceu parada, a voz firme e calma. – Sua filha fugiu por vontade própria com o filho de Danuco. Ela não é uma menininha que não sabe o que quer ou precisa ser protegida pelo papai.

– Ela nunca fugiria com aquele merdinha – Bitucus cuspiu. – Ele deve tê-la levado à força e...

– À força? – Óebfinn riu. – Sim, isso aconteceu mesmo.

– Estão vendo? Eu tinha razão e...

– A sua filha o arrastou! – A avó de Fergal mantinha a voz calma, apesar de aumentar o tom. – Ele não queria fugir, queria conversar com você e fazer como mandam os costumes. Mas a sua filha sabia que você é mais teimoso que um boi velho, então convenceu o seu amado a fugir.

– Mentirosa! – Bitucus gritou. – Eu não tenho medo da sua magia.

Uma pata e cinco patinhos cruzaram com eles. Desceram a pequena colina em direção ao lago. O vento fraco trazia o cheiro gostoso dos pães assando em um grande forno feito de barro. Assim que prontos, seriam compartilhados por todos e comidos com manteiga fresca, geleia de amoras ou uma pasta feita de coalhada, ervas e alho silvestre.

– Por que você não se acalma, Bitucus? – Óebfinn sorriu. – Se quiser, venha até a minha casa. Fiz uma bebida de menta com...

O homem ignorou a senhora daquelas terras e seguiu pisando duro. Passou pela druida, que continuava imóvel, com a mão na cintura.

– Se fosse tão poderosa, eu já estaria duro no chão, esturricado como uma minhoca sob o sol de verão! – Foi adiante, seguido pelo seu bando, que hesitava em cruzar por Óebfinn. – Vocês, druidas, têm tanto poder quando o vômito de uma doninha.

– Se ainda tivessem alguma força, os romanos não estariam aqui. – Um baixinho coxo olhou para a avó de baixo para cima e fez uma careta de escárnio, apoiando-se em um cajado comprido. – Os Deuses te abandonaram, velha.

Fergal encarava a avó, confuso, ainda segurando o punho da sua faca.

– Você pode não me temer, Bitucus, mas ofendeu a avó do grande Fergal – a druida falou alto para os homens que caminhavam no meio do linho, que logo seria colhido, fornecendo a preciosa linhaça e as hastes que virariam roupas depois de trabalhadas pelas costureiras habilidosas. – E ele está muito irritado. E vai amaldiçoar a sua insolência.

– Estou? – O neto arregalou os olhos.

– Chegou a vez de provar o seu valor, meu neto – a avó deu uma piscadela. – Use a cabeça e derrote esses imbecis.

– Como?

A avó apenas sorriu. Bitucus voltou bufando, a espada em riste.

– Vai me amaldiçoar, fedelho? – O homem, agora com o rosto vermelho, cuspia cada uma das palavras, seus perdigotos salpicando o rosto do assustado Fergal. – Não vai conseguir se eu separar a cabeça do seu corpo!

– Se cortar a minha cabeça – a voz do rapaz saiu trêmula, hesitante, o suor escorrendo pela testa e pelas costas –, você vai vomitar as suas tripas até murchar como uma ameixa podre.

A vó assentiu com a cabeça quando o neto a olhou buscando força e aprovação. Um sorriso nasceu no canto da sua boca, no rosto em que a barba ainda era escassa. Inspirou devagar e soltou o punho da faca.

– Está me ameaçando, merdinha? – Bitucus se curvou sobre o jovem, que não recuou.

– Não estou te ameaçando, já te ameacei, ou você é surdo como um bode velho e não conseguiu me escutar? – Fergal o encarou com os olhos verdes, e a raiva que escorria do rosto do grisalho se tornou dúvida. – Você desdenha do meu poder, mas irei lhe provar agora.

Desviou de Bitucus e avançou até o bando, que estava a alguns passos dele. Pôs as mãos para trás e inspirou até inflar completamente os pulmões. Soltou o ar pela boca com um sibilo que extinguiu qualquer medo, qualquer hesitação enquanto encarava os homens, alguns temerosos, outros prontos para furar a sua barriga e ganhar prestígio entre o chefe.

– Você! – Pôs o dedo bem próximo do nariz de um magricela de rosto comprido e olheiras arroxeadas emoldurando os olhos caídos e cinzentos, assim como os cabelos ensebados que desciam em uma cascata ondulada e cobriam metade do rosto de barba por fazer.

O homem alto, de pernas arqueadas por passar a vida em cima do cavalo, tocou a virilha e miou. Olhou para os lados tentando buscar força nos companheiros, mas esses, por instinto, se afastaram, desviando o olhar.

– Você, sua doninha que saiu do cu da sua mãe, acha justo o que Bitucus quer fazer? – Fergal não piscava. – Matar o pai da moça é certo?

A boca do magricela tremia, mas apenas um miado saía.

– Fale! – Fergal pôs o dedo no peito coberto apenas por uma túnica puída e suja. – Ou a sua língua apodreceu de tanto chupar o cu dos seus companheiros?

– Eu... Eu...

– Você é um covarde que tem medo daquele velhote de pau murcho. – O neto de Óebfinn apontou para o chefe sem se virar. – A sua espada tiraria sangue inocente em troca de quê?

Agora todo o corpo do magricela tremia, e aqueles que estavam ombro a ombro já tinham se afastado uns bons passos.

– Nós, druidas, odiamos covardes. E odiamos ainda mais aqueles que nos ameaçam. – Virou-se e encarou Bitucus com o rosto emanando ódio. – Quem nos ofende, ofende os Deuses dessa terra. E os Antigos não aceitam ofensas, apenas oferendas de sangue.

Um corvo grasnou e pousou sobre uma pedra ao lado de Fergal.

O magricela tocou a virilha pela segunda vez.

– Vocês menosprezaram a minha avó, o meu sangue! – As mãos de Fergal lembravam garras. – Agora eu te amaldiçoo a vagar por essa terra sem a sua alma. Você vai ser apenas uma carcaça vazia que vai apodrecer até sobrar apenas os ossos.

– Por favor, me-mestre Fergal! – O magricela juntou as mãos em prece, o pranto escorrendo pelo rosto. – Me-me perdoa!

– Cale a boca! – Fergal pôs o dedo na sua testa e ele gritou. – Quando eu acabar de pronunciar o seu nome, o seu espírito será como poeira ao vento. E quem tentar me impedir, terá o próprio pinto entrando no rabo. E toda vez que se sentar, ele irá te foder e foder!

Fergal encarou o manquitola, que embainhou a espada.

Sorriu.

– Que o seu espírito se esfacele, Lu... Go... – Fergal pronunciava devagarinho o nome do magricela que começou a tremer ainda mais e a babar. – Se... Lu...

– Por favor, pare! – Bitucus berrou. O magricela desmaiou, o mijo se empoçando entre as pernas. – Não condene o meu irmão a tal sofrimento.

O chefe se prostrou de joelhos.

– Por que eu deveria dar ouvidos a um pedaço de bosta como você? – Fergal rosnou.

– Nós iremos embora – Bitucus o encarou. – Não buscarei a vingança. Eu juro pela minha vida.

– E abençoará o casamento da sua filha – a avó se aproximou.

– Sim, eu abençoarei e...

Um tapa estalou no rosto de Bitucus.

– Que você nunca mais me ameace ou eu faço a sua língua ficar grudada no cu do manquitola até o fim dos tempos! – Óebfinn massageou a mão. – Entendeu?

– Tem a minha palavra – Bitucus se levantou. – Tenho o seu perdão?

– Quem sabe? Suma agora antes que eu me arrependa e mande Fergal terminar a maldição! – A velha curvada se virou e caminhou em direção à sua casa.

O bando, apavorado, voltou de onde veio, carregando o irmão desmaiado de Bitucus.

Fergal sorriu e sentiu as pernas amolecerem enquanto corria atrás da avó, que era ligeira para a sua idade.

– Está vendo, meu neto, bastou usar a cabeça.

– E todos os xingamentos que aprendi com a minha mãe, Ruadh e Caden. – Envolveu a cintura da avó com o braço. – Como você sabia que eu conseguiria? Como sabia que eu não cagaria tudo e não nos colocaria em perigo?

– Você tem o meu sangue, porra!

– Ah, sua velha marota!

– E sei que você é observador e já viu o irmão de Bitucus se borrando de medo ao falar comigo – Óebfinn piscou. – Tinha certeza de que você saberia explorar essa fraqueza.

– Colocou o meu pescoço no fio da lâmina apenas por achar que eu daria conta? – Fergal desarrumou os cabelos dela. – Apenas por ter o seu sangue?

– Nunca se esqueça, meu neto, sou uma druida que segue as antigas tradições, então, se fosse vontade dos Deuses que você virasse comida para os vermes, quem sou eu para querer mudar tal destino?

Gargalharam e entraram na construção circular de onde exalava um cheiro gostoso de frutas glaceadas no mel e de menta. A velha cadela que dormitava na porta os acompanhou, pois sabia que a felicidade da dona lhe rendia bons bocados das iguarias degustadas.

Quatro cavaleiros romanos pararam a cinco passos de distância dos druidas. Apenas Fergal seguia desmontado, segurando um pedaço de madeira escurecida e torta. Falaram algo entre si na sua língua estranha e um dos cavaleiros, de cabelos claros como a areia na praia e rosto liso como o de uma mulher, se adiantou.

– Quem são vocês? – Parou ao lado de Fergal.

– Eu que te pergunto, Cara-de-bebê – Fergal o encarou. – Você vem de fora, não nós. Então, você nos deve satisfação. Quem são vocês?

– Velhote insolente! – Olhou para os companheiros e sorriu. – Deve ser parvo, ou então é um daqueles druidas decadentes. E em ambos os casos merece ser morto.

– Se você sabe a minha língua, deve conhecer a nossa história. – Fergal apontou o toco em direção ao rosto do cavaleiro. – Responda agora quem é você e a que veio, ou eu faço as suas costelas se espremerem até você não conseguir respirar mais.

O cavaleiro, que trazia um torque de ouro sobre o peito e uma *espata* na cintura, indicando que era filho da Britannia, fechou o cenho, os dentes crispados, fazendo os músculos do rosto sem barba saltarem.

Um dos cavaleiros da retaguarda, de capacete adornado com uma crina tingida de vermelho, armadura de placas e grevas de bronze nas canelas, falou, ríspido, algo para o homem que conversava com o Druida.

– O que ele disse, Cara-de-bebê? – Fergal continuava a apontar o toco para o cavaleiro.

Um casal de marrecos veio descendo pelo rio, levado pelas águas ligeiras sem sequer olhar para a turba na margem. Preocupavam-se mais em observar a água em busca de algum peixe desavisado.

– Ele disse para eu matá-los depressa. – Tocou o punho da *espata* presa ao balteus adornado com placas brilhantes de latão fundido com estanho. – Não temos tempo para perder com vocês.

– E eu posso saber o nome daquele que irá matar o maior druida da Britannia? – Fergal abriu os braços. – Quem se tornará uma lenda ao extirpar a vida daquele que ainda fala com os Deuses?

– Epaticcus... – a voz saiu baixa.

– Eu sabia que você não me era estranho, Cara-de-bebê! – Fergal se virou para os amigos, paralisados em suas montarias. – Eu conheci o teu pai. Um bravo guerreiro que lutou junto a Cassivelauno quando era apenas um menino e sempre participou de batalhas contra esses bostas de marmota, mesmo quando todos os reizinhos se curvavam. Morreu assassinado há vinte primaveras, mas levou dez vermes com ele.

– Também conheci o teu pai! – Caomh se aprumou no cavalo. – E eu te peguei no colo quando ainda era bebê. Como você passou a lutar com eles?

O cavaleiro de capacete adornado berrou algo e Epaticcus fechou os olhos enquanto sacava a espada, mais comprida que um gládio e muito parecida com a usada pelos celtas.

– Me perdoe, mas agora eu sirvo a eles. – Reabriu os olhos.

– Você sabe o que eu tenho comigo, Cara-de-bebê? – Fergal voltou a apontar o toco. – Este é o osso do dedo da mão de um gigante da linhagem dos antigos fomorianos!

– Isso é madeira apodrecida, velho louco! – O cavaleiro balançou a cabeça.

– Madeira aos olhos de um estúpido sem conhecimento. – Fergal encarou-o com os olhos verdes emoldurados pelas sobrancelhas brancas. – Minha avó me deu este osso, que ganhou da sua avó, que era a maior druida dos auteini, povos da outra ilha.

– É só madeira! – Epaticcus berrou, como se quisesse se convencer, e virou o cavalo, pronto para golpear Fergal. Sem hesitar o druida começou a conjurar de braços erguidos e olhar fixo no céu nublado.

Epaticcus filho de Epaticcus, vergonha da nossa terra
Teu pai lutava pela liberdade, você apoia a guerra
Filho de um coração valente, virou escravo dos invasores
Por isso vai pagar, é chegado o momento de grandes horrores!

Fergal apontou o toco para o líder daqueles homens, que continuava a ordenar algo para o cavaleiro. Este, porém, seguia imóvel, com a espada desembainhada.

Eu sou Fergal, o druida. Eu sou a sua ruína!
Invoco o gigante ancestral. A fúria assassina!

Mal terminou de falar e o líder dos romanos caiu do cavalo, seguido pelos outros dois ao seu lado. Tombaram com lanças cravadas nas costas. As suas montarias se assustaram e passaram pelos druidas a galope.

Epaticcus, o rosto tomado pelo medo, tentou fugir. Teve um dardo fincado em sua coxa e também caiu do cavalo, que atravessou o rio e sumiu na floresta.

Fergal, Truta e Caomh se viraram ao mesmo tempo. E viram o fazendeiro de quem roubaram os cavalos vindo com mais seis homens.

– Lá estão os merdas, meus filhos! – O fazendeiro berrou, a espada em punho. – Esses porras que roubaram os nossos cavalos!

Caomh murmurou alguma prece a fim de conter o pânico, as suas bochechas trêmulas debaixo da grossa barba preta. Truta sacara a sua faca de estripar peixes. Fergal continuava imóvel, segurando o toco.

– Muito obrigado, meu bom... – o velho druida coçou a cabeça. – Qual é o seu nome mesmo?

– Blatero! – O fazendeiro, de rosto vermelho e suado, pôs a lâmina da espada a um palmo do nariz de Fergal. – Eu quero de volta os meus cavalos!

– Você quer merda nenhuma! – O druida bateu com o toco na espada, afastando-a. – Você quer calar a boca e vir me ajudar a salvar o nosso rabo.

Blatero abriu a boca para retrucar, mas Fergal já havia dado as costas e caminhado até Epaticcus, que se arrastava pela beira do rio, a água se pintando com seu sangue.

– Aonde pensa que vai, Cara-de-bebê? – Fergal se aproximou; o cavaleiro se virou e se sentou no chão. Apontou a espada em direção do druida. – Ah, vai continuar me ameaçando? Não vê que esses homens sob as minhas ordens podem te matar em um piscar de olhos?

– Quem está sob as suas ordens? – Blatero desmontou ao lado de Fergal. – Não estou...

– Cale a boca, velho burro! – Fergal se virou e o encarou enquanto rosnava entredentes. – Você está, sim, sob o meu comando, não se lembra?

Deu uma piscadela e o fazendeiro continuou a fitá-lo, confuso, mas em silêncio.

– Se não estivesse sob o meu comando, por que viria até aqui no exato momento para matar esses pedaços de bosta vindos de Roma?

– Bem...

– Ele é um bom homem, mas é tão estúpido quanto uma toupeira, Epaticcus. – Fergal voltou-se para o jovem.

Blatero fechou a mão para socar Fergal. Truta o conteve e cochichou algo no ouvido do fazendeiro, que relaxou depois de um resmungo.

– Vejo que você é esperto, meu jovem, só está meio perdido. – Fergal se agachou ao lado do cavaleiro, agora em pleno alcance da espada. – Mas eu vejo fogo nos seus olhos e sei que você pode se redimir. Você tem o sangue de um matador de romanos.

– Eu sou um soldado de Roma! – ele berrou. – Posso morrer agora, mas você virá comigo!

Pôs a espada no pescoço do druida, que não se moveu, tampouco mudou o semblante.

– Epaticcus, meu bom Epaticcus... – Fergal se sentou no chão de seixos e musgo, ainda com a espada no pescoço. – Que vantagem você teria em me matar? Em que ajudaria a sua gloriosa Roma? Seu nome sequer seria lembrado. Você teria a mesma importância de um peido de vaca.

O jovem de cabelos claros bem tosados emudeceu e olhou para os companheiros mortos, cujos corpos eram pilhados pelos filhos do fazendeiro.

– Você pode acabar como eles, as carcaças comidas pelos vermes da sua terra, ou pode se redimir e se tornar um herói.

– Fergal olhou para o dardo cravado na coxa dele. – Isso aí deve estar doendo, mas eu te curo antes de você falar: eu chupo os bagos do imperador.

Como se as palavras de Fergal tivessem peso, Epaticcus fez uma careta e gemeu ao mover a perna. Olhou mais uma vez para os companheiros, agora nus. Gritou quando o filho grandalhão com um machado cortou a cabeça do seu líder.

– Vamos colocá-la em uma estaca na estrada. – Blatero se aproximou. – Para os romanos se lembrarem de que há lobos nesta terra, não coelhos.

– Você quer ter a sua cabeça em uma estaca? – Fergal segurou a espada pela lâmina afiada. – Ou prefere ter o perdão dos Deuses e lutar por sua terra?

O jovem hesitou, mas soltou a espada e desabou de costas no chão, gemendo, rendido e humilhado, a água fria do rio passando sobre o seu corpo, lavando o sangue que vazava profuso.

Fergal se levantou e sorriu. Beijou a testa de Blatero, que não se conteve e gargalhou.

– Você é o velho mais maldito que eu já conheci! – O fazendeiro apertou-lhe o ombro, o que o fez se encolher devido à pressão. – Eu devia arrancar os seus bagos e dar para os porcos, mas não sei por que gosto de você.

– Porque eu sou lindo! – O velhote se virou e estendeu a mão para o jovem ferido. – Sou irresistível.

Enquanto Epaticcus tentava se erguer, Fergal puxou o dardo de uma vez com a outra mão, o que o fez desmaiar de dor.

.

.

.

– Um pedaço de madeira apodrecida? – Blatero tinha o rosto vermelho pelo excesso de cerveja recém-fermentada e sidra de frutas silvestres. – O dedo de um gigante antigo? Pelo pé torto do meu avô, essa irei contar até o fim da minha vida!

Gargalhou alto, os perdigotos voando no rosto de Fergal, o bafo fazendo a chama da vela sobre a mesa trepidar. No banco do outro lado, Caomh roncava, a pança estufada de tanto comer carne de porco e pão. Truta, de olhos vermelhos e injetados, bebericava mais uns goles da cerveja forte e cheirosa do anfitrião. No seu colo um gato mastigava a cabeça de uma truta, o peixe, que lhe fora ofertada pelo druida.

Dos seis filhos, apenas o mais velho, cujo machado decapitara os romanos, continuava junto a eles, apesar de já estar perdendo a batalha para o sono. Os demais se retiraram para as suas próprias casas, bem menores que a do pai, chefe daquelas terras. Dois deles tomados pelo torpor ébrio. Outros dois pela necessidade: partiriam logo cedo para se juntar a Buddug. Outro pelas castanhas latejando.

– Isso, Illica! Cavalga, mulher! Cavalga! – Duro, o filho mais novo de Blatero, que tinha apenas dezessete primaveras, estava deitado sobre a cama coberta por peles enquanto a sua esposa, com uma primavera a menos, o montava com vigor, tal como se doma um cavalo selvagem. – Vai! Vai!

A jovem de cabelos acobreados, presos em uma trança que chegava à cintura, se esfregava no marido, o suor brotando dos seios pequenos e de bicos rosados e intumescidos, a boca entreaberta exalando o cheiro adocicado da sidra enquanto gemia baixinho, as unhas lanhando o peito do amado, quase sem pelos, mas portando duas cicatrizes compridas como memórias de batalhas vencidas.

A respiração de Duro se acelerou: ofegava como se tivesse corrido por muitas milhas. Apertou a bunda de Illica com as mãos ásperas e a puxou para si, penetrando-a ainda mais fundo.

A amada sibilou e sorriu. Bela, espontânea.

– Não faz ainda! – A jovem mantinha o controle da foda como uma amazona experiente, a sensibilidade aumentando na virilha, o coração batendo cada vez mais depressa, bombeando o sangue que corava as suas bochechas. – Eu vou gozar!

Deixou o corpo cair sobre o marido, que mordiscou o pescoço salgado dela. Ele travava uma difícil batalha para se conter enquanto ela gozava, esfregando-se devagar, mas com força, o gemido se transmutando em um grito de prazer, agudo como o canto de um rouxinol.

Lá fora, o pastorzinho que saíra para se aliviar, a barriga doendo depois de comer uma tigela de nozes glaceadas com mel na casa do seu senhor, arregalou os olhos.

– Eita, que a coisa tá boa lá dentro! – Limpou-se com as folhas que tinha em mãos, mas não vestiu as calças: como todo bom garoto de doze primaveras, aproveitou os sons que ecoavam na noite silenciosa, interrompido apenas pelos pios de uma coruja de olho nos pintinhos protegidos pela galinha atenta, para acariciar o seu membro e se imaginar participando da safadeza lá dentro.

– Eu não consigo mais segurar... – Duro envolveu a esposa num abraço e projetou o quadril para cima. Uma, duas, três vezes.

Rosnou.

– Vem outro! – Illica cravou os dentes no ombro do marido, mas ele não sentiu a dor, apenas o prazer pulsante o envolvendo na plena virilidade da juventude.

Lá fora, o pastorzinho procurava mais um punhado de folhas macias para se limpar, pois, ligeiro como um coelho, já havia melado a mão. Ato que se repetiria mais uma, duas vezes antes de o cansaço do sono o derrubar.

Ou uma nova dor de barriga o fazer correr.

– Enfim você acordou, meu bom Epaticcus! – Fergal abriu os braços. – Venha se sentar conosco!

O cavaleiro vestia uma túnica simples, emprestada pelo fazendeiro, e tinha a coxa envolta em bandagens. Levantou-se da cama e fez uma careta ao se apoiar na perna esquerda, mas conseguiu pisar no chão de terra batida e manquitolar uns passos até o banco de madeira.

Um cachorro cheirou-lhe o ferimento e deu duas lambidas no curativo. Sorrateira, uma ratazana passou margeando a parede de madeira e barro com uma lasca de carne na boca. Enfiou-se atrás de um baú e dividiu a iguaria com seis filhotes famintos.

Fergal lhe passou uma caneca com cerveja até a boca. Blatero, que havia pouco tempo gargalhava, fitou, sisudo, o jovem. Caomh se virou de lado e a pressão sobre as suas tripas o fez soltar um peido. Truta continuava acariciando o gato com os olhos avermelhados e perdidos na chama da vela.

– Por que a gente não o matou mesmo? – O filho grandalhão, que se chamava Blatero como o pai, limpava as unhas com uma faca.

– Porque Epaticcus é um bom homem e só estava desorientado. Se iludiu com as palavras venenosas dos invasores que mataram o seu pai. – Fergal cofiou a barba, bem aparada antes da ceia. – Não o culpo, você era apenas um menino ingênuo e apavorado por ver o seu pai morto. Eles te ofereceram conforto e você foi. Não é, meu jovem?

O cavaleiro nada disse. Deu um gole na cerveja e limpou as remelas dos olhos.

Tossiu.

Outros goles, mais longos, o pomo-de-adão subindo e descendo na garganta pelada.

Fungou.

Limpou a boca úmida com as costas da mão.

– Você está com a perna ferida, a língua está perfeita, Cara-de-bebê. – Fergal tamborilou a mesa com os dedos. – Poupei a sua vida, mas posso mudar de ideia.

– É só pedir, Fergal! – Blatero, o filho, balançou a faca comprida, sua lâmina suja de gordura e sangue. – Será um grande prazer.

Epaticcus o encarou. Pôs a mão na cintura, mas a sua espada não estava lá.

– Você a ganhou do seu pai, não foi? – Fergal enfiou um punhado de nozes na boca. – O que está escrito na guarda?

– Matadora de romanos. – A voz saiu num sussurro. – Eu me esqueci de lixar esses dizeres.

– Não, Cara-de-bebê, você não se esqueceu. Você não quis! – O druida deu um tapa na mesa. – Pode relutar o quanto quiser, mas está no seu sangue.

– O que você quer de mim, velho? – O cavaleiro cerrou os punhos.

– O seu cu!

Epaticcus arregalou os olhos.

Fergal gargalhou.

Blatero cuspiu a cerveja num borrifo que molhou Caomh, mas o gorducho continuou a roncar. O fazendeiro foi tomado por um acesso de tosse que o fez perder o ar.

– Brincadeira, meu jovem! – O druida enfiou mais nozes na boca, e o filho do anfitrião, até aquele momento sisudo, permitiu-se um esboço de felicidade. Até mesmo Truta, avoado, voltou a atenção ao que se dizia na mesa e riu.

O cavaleiro de músculos tesos pelo susto começou a relaxar pouco a pouco. Esvaziou a caneca de cerveja e não se conteve, gargalhou.

– Seu velho sacana! – Epaticcus estalou os beiços. – Primeiro tenta me enganar com um toco que disse ser o osso de um gigante. Agora me assusta ao desejar o meu rabo. É por isso que essa ilha está sendo dominada, vocês são fanfarrões demais.

– Hum... – Fergal cofiou a barba, fazendo as migalhas de nozes caírem sobre a mesa.

– Como vocês mesmo me disseram, meu pai era um ótimo guerreiro, mas está morto. – Observou o fazendeiro colocar mais cerveja na sua caneca, o peito chiando, o rosto vermelho. – Lutou com bravura, sorrindo, mas está morto, enquanto os romanos, organizados, seguem dominando a ilha milha após milha, aldeia após aldeia, fazendo todos os chefes se ajoelharem e jurarem fidelidade.

– Ou serem mortos, caso relutem – Blatero fungou.
– Ou serem mortos – Epaticcus assentiu com a cabeça.
– E o que você nos sugere, sabichão? – O filho do fazendeiro cravou a faca em um pintinho frito em banha de porco. Enfiou tudo na boca e fez os ossinhos estalarem entre os dentes. – Que marchemos e lutemos como eles? Os nossos guerreiros não são assim.
– Pensem um pouco antes de agir! Vocês parecem um bando de animais que avançam sem qualquer organização. Isso pode funcionar nas escaramuças tribais, mas, porra, a luta agora é contra o exército mais poderoso deste mundo! – Epaticcus espalmou as mãos sobre a pequena mesa de madeira engordurada. – Que usem o conhecimento que têm dessas terras para ganhar vantagens.
– Você poderia nos ajudar, meu jovem... – Fergal sorriu. – Eu te apresento a Buddug.
– Não lutarei mais contra vocês. – Epaticcus enfiou um naco de peixe na boca. – Olha, sou grato por não terem me matado, mas não irei trair os juramentos que fiz e...
Epaticcus arregalou os olhos e o sangue verteu pela sua boca. Segurou o cabo da faca do filho do fazendeiro cravada no seu peito e tentou arrancá-la. Tombou de lado, e o sumo rubro de seu corpo começou a escorrer pela terra batida.
– Por que você o matou? – Fergal abriu os braços. – Ele podia ser convencido e nos ser útil.
– Não gostava dele. – Blatero, o filho, enfiou outro pintinho na boca.
– Por quê?
– Não confio em homens de cara lisa e sem barba – arrotou.

*

– Buddug! Buddug! Buddug! – Os guerreiros aclamavam a rainha dos icenos e agora líder de vários povos da Britannia. Cobertos de sangue dos romanos, erguiam as suas armas enquanto alguns invasores – e também amigos – agonizavam no chão, aguardando pelo aço que acabaria com a dor. Ninguém mais a chamava de Boudica, como os romanos a conheciam. – Buddug! Buddug! Buddug!
A mulher, mais alta do que muitos dos seus seguidores, ergueu a lança comprida cuja ponta se entortara ao perfurar o elmo de um centurião. O golpe foi tão forte que varou o ferro e o osso até parar no meio dos miolos. O infeliz morreu antes de

a arma sair de dentro da sua cabeça e a rainha seguir em carga até um decurião encurralado. E, mesmo com a arma prejudicada, o impacto a fez entrar um palmo no peito protegido pela malha e o atirar para fora do cavalo.

Buddug bebeu todo o vinho que lhe trouxeram e permitiu-se um sorriso para o seu exército vitorioso.

– Andraste esteve ao nosso lado em Camulodunum e agora. – A voz da rainha, grave e poderosa como as ondas batendo nas rochas, fez todos se calarem a e observarem. – E nós a honramos mandando esses vermes para o outro mundo. Olhem para o céu, até mesmo as nuvens densas se dissiparam.

Obedientes, todos que ali estavam, mesmo os da retaguarda que não podiam ouvir Buddug, olharam para cima imitando o gesto dos demais. Os mais próximos comemoraram pelo Sol que derramava as bênçãos da Deusa. Os mais distantes, confusos, buscavam algum presságio, contudo nenhuma ave voava e nenhuma das nuvens formava qualquer figura sagrada.

– Aquela ali parece um urso – um menino que segurava uma funda apontou.

– Urso? – A mãe, ao seu lado, pôs a mão sobre os olhos. – No máximo um porco gordo.

– Eu vejo... – o seu irmão, que tinha um corte superficial acima do cotovelo, franziu a testa. – Eu vejo uma nuvem. E só.

– Bem, se todos estão olhando pra cima e comemorando, devem ter visto algo importante. – O pai estava sentado no chão, exausto.

– Ou mentido para agradar a rainha! – O menino fez uma careta de dor quando levou um tapa da mãe na nuca.

– Hoje vocês lutaram bem. E mostraram que os filhos desta terra têm coragem. Têm força! – Buddug apertou o cabo da sua lança. – E quem não morreu, fugiu, se borrando de medo.

– Para encontrá-los basta seguir o fedor da merda romana! – berrou Cynbel, de rosto sempre alegre e ainda sem as marcas dos anos que os guerreiros mais velhos tinham entalhadas nas faces. As gargalhadas explodiram.

– Sim, meu amigo. – A rainha exibiu um sorriso de dentes bem alinhados. – E nós faremos isso, como cães que caçam o veado. Mas não hoje. Hoje é dia de comemorar e de descansar.

– Eu preciso dar um trato na minha esposa. – Um gorducho tocou a virilha. – Ela deve estar com saudades.

– Não se preocupe, meu caro, já resolvi isso antes de vir para cá encontrar vocês! – Um loiro de cabelo escorrido e magro como uma doninha tocou no ombro do amigo, que, ao invés de se irritar, começou a rir junto com o grupo ao redor.

A vitória, ainda mais a improvável, sempre fazia bem.

*

Os corvos bicavam as carcaças. Crianças, mulheres, velhos e doentes pilhavam os corpos. Nenhum deles se importava se eram os filhos daquela terra ou os invasores. Todos famintos, todos desesperados pelas melhores recompensas: carnes macias, boas armas, joias, bebidas...

Ao lado de uma faia, à esquerda do campo de morte, um casal fodia com gosto. Ela de quatro tendo os cabelos puxados pelo homem nu, exibindo um corte transversal nas costas. Se não trajasse uma boa couraça que segurou em grande parte o golpe de gládio, ela estaria pranteando, não gemendo, os gritos agudos como o grasnar das aves pretas da noite sem estrelas.

Não longe dali, a cerca de vinte passos, dois romanos choravam abraçados e muito feridos. Logo poderiam viver a eternidade juntos, em paz.

Do alto da colina, Fergal, Truta e Caomh, que mal conseguia abrir os olhos devido à ressaca, observavam o campo de batalha onde milhares de mortos cobriam o chão.

– Acho que ganhamos essa – Fergal cofiou a barba. – Há mais romanos mortos que nossos homens.

O gorducho virou a cara para o lado e, de cima do seu cavalo, vomitou um jato longo e amarelo, fétido, que sujou a barba preta e comprida.

– Tudo está girando. – Pôs a mão na testa. – Quero voltar para lá e me deitar. Que se foda essa ilha de merda.

– Depende do tamanho dos exércitos. – Truta, sem se importar com o gordão, olhou da direita para a esquerda. – Não dá para ter certeza, apesar de eu sentir o meu coração leve. E isso é um presságio da vitória da rainha.

– Também sinto o meu coração leve. – Fergal inspirou o ar que trazia uma mistura de aromas: florzinhas que cresciam entre o mato, vômito, terra molhada, cerveja e bosta de cavalo.

O velho druida assoviou e chamou com a mão um menino que arrastava um saco pesado colina acima, deixando marcas na relva.

– Ganhamos essa? – Fergal se aproximou.

– Acho que sim, tio. – O menino suava, os cabelos encaracolados grudados na testa, o rosto marcado pela doença, os ossos salientes pela magreza. – Pelo menos os nossos comemoraram.

– Você estava com eles? – Truta cuspiu, a boca amarga.

– Com eles? – Sorriu, alguns dentes faltando na boca. – Desde que fiquei órfão, estou por minha conta, tio. Agora, preciso ir tentar vender essas tralhas e conseguir alguma comida. Quer comprar umas armas e joias, tio?

– Não, filho... – Fergal lhe deu um pedaço de toucinho defumado que ganhara do fazendeiro.

– Toucinho! Adoro! – O menino sorriu e seguiu puxando o saco com dificuldade.

– Só mais uma pergunta – Fergal virou o cavalo. – Para onde eles foram?

– Para lá! – O menino, com a boca cheia, apontou com o bracinho magro e de pele marcada. – E os que fugiram foram para lá.

Mostrou o outro lado, onde a estrada se bifurcava e ia para onde o Sol se põe.

– Romanos fugindo – Truta esfregou as mãos calejadas. – Esse, sim, é um ótimo presságio.

Caomh vomitou novamente.

– Concordo, meu amigo. – Fergal já descia a colina rumo ao campo de batalha. – Só espero que a nossa sorte não mude.

– Que a rainha continue alegrando Andraste. – Truta bateu três vezes na testa com os nós dos dedos. – Que a Deusa da Guerra se embriague com o sangue deles.

Os três druidas seguiram pelo meio dos cadáveres, que já começavam a feder e a atrair moscas enquanto eram remexidos por corvos, cães e pessoas.

E, pela terceira vez, o gorducho vomitou, dessa vez sobre a águia que servia de estandarte dos invasores.

Fergal aplaudiu.

– Isso sim é um ótimo presságio! – O velho olhou para Truta, que concordou com a cabeça.

À direita deles, Caomh cuspia, o azedo o enojando, a garganta queimando pelos sucos gástricos, a cabeça latejando.

– Por que eu faço isso da minha vida? – murmurou, os olhos semicerrados, o corpo amolecido em cima da montaria. – Por quê?

Um cãozinho de pelos cinzas grossos e emaranhados se aproximou da águia vomitada e a cheirou. Virou-se e deu uma mijadinha nela. Esfregou as patinhas no chão e seguiu em busca de algum petisco escondido nos mortos.

*

TRÊS DIAS DEPOIS DA VITÓRIA...

– Eles saíram do templo, Buddug. – Cynbel lavou o rosto em uma tina de prata bem polida, que pertencera a algum rico invasor em Camulodunum. – E os nossos homens, como você ordenou, estavam de prontidão.

– E? – Buddug comia mariscos frescos que acabaram de ser aferventados.

– Todos mortos. – Cynbel pôs uma bolsa de couro no banco ao lado da rainha.

– O que é isso? – Buddug chupou o marisco de dentro da concha escura.

– Anéis, pulseiras e colares daqueles ratos entocados. – Cynbel pegou um dos mariscos e o comeu com a ajuda da sua faca, que talhou a nervura que o prendia à concha. – Talvez tenha algum dedo perdido aí no meio, então não se assuste.

Buddug sorriu e continuou a comer enquanto uma velha esfregava o unguento de cheiro adocicado em um corte dois dedos acima do seu joelho direito.

– Partiremos amanhã? – Cynbel pegou uma jarra de vinho e bebeu nela mesma, molhando a barba rala e o pescoço.

– Não. – A rainha fez uma careta quando a velha começou a enrolar a bandagem feita de linho. – Vencemos, mas tivemos baixas. E muitos estão feridos.

– Verdade. – O semblante do jovem se enrijeceu. – Boa parte deles não verá o sol nascer.

– Mandei mensageiros às aldeias. Então, vamos dar tempo para mais se unirem a nós. – A rainha acenou para as duas filhas, que passavam do outro lado do pátio junto com a sua parenta que assumira o cuidado das meninas para ela poder guerrear em paz.

Para ela poder estar livre.

E buscar a vingança.

– Eu lhe imploro, Catus Decianus. O meu marido Prasutagus sempre foi honrado com você, sempre foi leal a Roma! – Buddug, amarrada nua em um carvalho, chorava. – Você pode me matar, mas deixe as minhas filhas em paz. São apenas crianças.

– Eu gostaria, minha senhora. – O procurador poliu o anel de ouro cravejado com um rubi na capa vermelha. – Mas não posso demonstrar fraqueza, e você incitou a rebelião, foi contra as nossas leis e não aceitou as condições de Roma.

– Roma nos tirou tudo! – ela berrou. O urro fez o procurador e os soldados que seguravam as suas filhas arregalarem os olhos.

– Roma é dona do seu corpo e da sua alma, rainha. – Catus Decianus, sussurrando no ouvido de Buddug, pronunciou o título com desdém. – Podem prosseguir!

Em um movimento rápido, ela lhe desferiu uma cabeçada. O nariz do homem quase careca e muito magro se quebrou e o sangue escorreu farto.

O procurador choramingou, a mão sobre o rosto, o sangue manchando a sua toga branca.

– Vaca insolente! – a voz saiu fanhosa. – Não irei te matar agora, você vai viver para ver a ruína do seu povo. Vai viver para ver as suas filhas sofrerem nas mãos deles.

– Eu te amaldiçoo! – Buddug urrou pela segunda vez. – Você vai morrer em esquecimento. E vai sofrer pela eternidade!

Uma pomba caiu morta aos pés da rainha, e um dos cavaleiros foi derrubado pela sua égua, quebrando o pescoço. Teve muitos espasmos antes que alma deixasse a carne.

Os romanos que ali estavam recuaram, amedrontados, e até mesmo os soldados que seguravam as filhas afrouxaram a pegada, quase permitindo que elas escapassem.

– Ela é apenas uma mulher – Catus Decianus vociferou, o sangue pingando, as mãos gesticulando sem parar. – Continuem e não tenham pressa em acabar.

Jogou uma bolsa cheia de ouro para o centurião que cuidaria dos castigos e partiu junto à sua guarda pessoal para nunca mais ser visto na Britannia.

Buddug foi açoitada.

Uma.

Duas.

Dez.

Cem vezes.

Sua carne se desfazia a cada estalo do chicote. Contudo a sua dor verdadeira estava em ver, impotente, o sofrimento das suas filhas violadas pelos soldados.

– Os romanos devem estar fazendo o mesmo. – Cynbel limpou a boca com as costas da mão. – O comandante deles, o tal Quintus

Petillius Cerialis, fugiu da batalha antes de ela começar, lembra? Então deve ter ido pedir mais homens para o governador.

– Eles fazem isso desde que chegaram aqui, meu amigo, antes mesmo de a gente nascer. – Buddug pôs um punhado de alho silvestre frito na boca, voltando a prestar atenção em Cynbel. – Eles sempre se organizaram e marcharam fortes e coesos. Por isso nós somos a resistência e eles são os senhores. Mas, como vimos em Camulodunum, até mesmo as estátuas esculpidas nas pedras mais duras podem ser quebradas.

Cynbel assentiu com a cabeça. Pôs as mãos na cintura e olhou a bela construção dos romanos, com desenhos feitos de ladrilhos nas paredes, no chão e com colunas entalhadas com perfeição na pedra. Havia até mesmo uma fonte de água fresca no pátio decorado com bustos de algum nobre, vasos e um lindo jardim. Nenhum dos ambientes fedia a fumaça, como acontecia em suas casas escuras e pouco ventiladas.

– Concordo, Buddug. – Cynbel bebeu um pouco mais de vinho. – Sabendo das nossas vitórias, tenho certeza de que muitos se juntarão a nós.

– Espero que milhares venham. – Buddug beijou a testa da velha que tratara do seu ferimento. Ela se levantou com dificuldades, os joelhos estalando. Fez uma mesura e saiu, os passos curtinhos e apressados.

– Não sei se teremos milhares, mas cada braço forte que saiba brandir uma espada será bem-vindo. – O guerreiro esguio, de cabelos embaraçados e sujos, tocou o punho da sua arma com a mão de dedos compridos e finos.

– Mesmo quem nunca empunhou uma será bem-vindo. – Buddug passeou os olhos verdes ao redor e não encontrou a sua lança. A arma estava no ferreiro, onde ganharia outra ponta de aço, maior e mais aguçada.

Os dois continuaram a comer os mariscos e a beber o vinho dos invasores. Lá fora, os guerreiros vitoriosos também se banqueteavam e se embriagavam naquela parte de Camulodunum que não havia sido queimada.

Lá em cima, uma lua cheia prateada iluminava as cantorias e os risos. A brisa da noite tinha cheiro de vinho, cerveja e carnes que assavam em diversas fogueiras acesas no acampamento. Milhares de homens, mulheres e crianças comemoravam e agradeciam aos Deuses pelo feito que seria lembrado para sempre.

*

– Um feito que será lembrado para sempre? Meus ovos! – Fergal balançou o saco com a mão direita. – Vocês se contentam com pouco, com migalhas de um pão comido por *eles*. Com uma vitória insignificante.

– Insignificante? – Cynbel abriu os braços. – Ou você está muito ranzinza ou está ficando com as ideias fracas, meu querido amigo. A idade deve estar pesando nos seus ombros.

– Buddug é a rainha soberana da Britannia, Cynbel? – Fergal o encarou, os olhos verdes fixos, sem piscar. – Responda!

– Não.

– Ela não é rainha nem dos piolhentos das tribos vizinhas! – Fergal continuou a encarar o jovem. – Muitos a matariam para ganhar as graças dos romanos. Então, meu menino, a vitória foi insignificante. Ouça este velho ranzinza e sábio.

– Então o que temos que fazer? Apontar os dedos e rogar maldições como vocês fizeram em Ynys Dywyll? – Cynbel passou a pedra de amolar na lâmina da espada. – Pelo que soubemos, todos os poderosos druidas estão mortos agora.

– Você não mudou nada. – Fergal exibiu os dentes brancos. – Você é o mesmo merdinha falastrão de quando te conheci.

Cynbel deu de ombros. E repetiu o gesto, alinhando com cuidado o fio do aço bem forjado: mesmo depois de ceifar a vida de centenas de romanos – e nativos – cortando armaduras, carnes e ossos, continuava impecável e sem nenhuma lasca perdida.

– Mas nem posso retrucar. – Fergal se abaixou e arrancou do chão uma plantinha meio lilás com raiz e tudo. Assoprou a terra e a guardou em sua bolsa amarrada ao cinto. – Você fala a verdade. Foi um massacre em Ynys Dywyll e, pelo que eu soube, os romanos nem suaram.

Olhou para Caomh, que brincava com um cãozinho de pelos duros e amarelados.

– Ei, não me venha com esse olhar! – O gorducho pôs as mãos na cintura larga, muito larga. – Você sabe que, quando eles chegaram, eu já estava de partida.

– E não seria diferente se tivesse ficado! – Fergal se abaixou e arrancou outra plantinha, amarelada. Guardou-a na bolsa.

– E se você estivesse lá, ó maior dos druidas, seria diferente? – Caomh atirou um graveto para o cãozinho. Ele acompanhou o voo com os olhos, a língua de fora, mas não se mexeu. Coçou umas pulgas atrás da orelha e se deitou aos pés do grandalhão, que fazia uma boa sombra.

– Quem sabe? – Pegou uma terceira plantinha, meio espinhosa. – Mas, se eu não estava lá, esse não era o meu destino.

– A sua língua é ligeira, Fergal. – Cynbel amarrou uma tira de couro em um tronco fino e pisou na outra ponta. Deixou-a bem esticada quando começou a deslizar a sua lâmina sobre ela, alternando os lados. – Espero que possa nos ser útil nos próximos dias.

Caomh riu.

– A sua irmã sempre revirou os olhos quando a minha língua explorou a sua floresta úmida, gorducho. – Fergal botou a língua no meio dos dedos e começou a mexê-la, frenético.

– Acho que teremos tempo para essas histórias depois de vencermos a guerra. – Truta olhou para o horizonte e viu várias colunas de fumaça subindo aos céus.

– Ou quando estivermos no outro mundo. – Caomh afagou o cãozinho, que bocejou e se virou de barriga para cima.

– Quais são os planos de Buddug? – Fergal pôs a mão no ombro do jovem.

– Seguir adiante. – Cynbel fechou um olho e observou o fio da espada. Continuou passando-a no couro bem esticado.

– Pra onde? – Fergal estalou o pescoço enrijecido e fez uma careta.

O jovem encarou o druida com um sorriso.

– Londinium!

– Pelo cu peludo do meu avô! – Fergal bateu palmas. – Uma coisa não podemos negar, a nossa rainha é ousada. Vai direto ao ninho da vespa.

– Um dos ninhos – Caomh ergueu o dedo. – Não esqueça que a Britannia se tornou um vespeiro.

– Sim, meu velho amigo, mas acredito que a vespa seja ela. – Cynbel se deu por satisfeito ao passar a lâmina nas costas da mão e ver seus pelos serem cortados. – E ela não vai se cansar até ferroar todos eles.

– Isso os Deuses vão nos dizer. – Caomh bateu os nós dos dedos na testa.

– Os Deuses? – Fergal balançou a cabeça em negação. – Não, meu amigo estufado, quem irá dizer isso será a habilidade de Buddug em inflamar o povo.

– E o povo deverá lutar direito – Truta emendou.

– Sim! – Fergal estalou os dedos.

– Tudo isso, mas, se os Deuses se alegrarem conosco, a coisa fica mais fácil. – Caomh coçou a barba grossa.

– *Alea iacta est!*

– Que porra é essa? Um feitiço em uma linguagem antiga? – Truta cruzou os braços por instinto, para se proteger do desconhecido.

– Não! – Fergal exibiu um sorrisinho sacana. – É algo que o tal Gaius Julius Caesar, o primeiro chefe romano que pisou aqui, disse quando foi se embater com outros povos. Pelo menos foi o que me disse um dos sábios que conheci na minha juventude. Ele foi capturado e se tornou escravo da minha avó.

– E o que isso significa? – Caomh se aproximou.

– Não faço a mínima ideia – Fergal deu de ombros. – Ele era meio cego e se confundiu: comeu um punhado de frutos de beladona acreditando serem amoras. Morreu antes de me dizer o que significava.

– E por que você invocou essa frase antiga, ainda mais sendo do inimigo, sem saber o segredo contido nela? – Truta tocou a virilha. – Você sabe que as palavras têm imenso poder!

– Eu acho tão bonito como soa. – O druida mexeu as mãos como se estivesse criando música. – *Alea iacta est! Alea iacta est!*

– Para com isso, Fergal! – Caomh tapou os ouvidos. – Estou sentindo um calafrio, uma fraqueza estranha.

– Fome, meu redondo, fome! – O velho olhou para as colunas de fumaça e ficou em silêncio por um tempo.

Ele sabia que os dados haviam sido lançados e o destino da Britannia estava unido ao de Buddug, que afirmavam ser protegida da Deusa Andraste.

.

.

.

– Eles serão bem-vindos! – A rainha dos icenos se banhava na grande piscina construída pelos invasores. Do outro lado, as filhas brincavam com algumas crianças sob o olhar atento da parente que era responsável por elas.

Uma menina penteava os compridos cabelos vermelhos, agora ainda mais vivos por estarem molhados. Outra a lavava com um pano macio que passava em um sabão cheiroso. A pele desenhada por cicatrizes de batalha e de tortura estava sendo limpa de todo sangue, suor e terra incrustados.

A alma de Buddug, contudo, continuava maculada pelo ódio e pela vontade de se vingar.

– E além dos três druidas, muitos guerreiros e suas famílias estão se juntando a nós. – Cynbel se despiu e entrou na piscina, cuja água estava morna, pois o braseiro havia sido alimentado no dia anterior. – Até mesmo das tribos do Norte!

– Ótimo, Cynbel! – Buddug deixou-se afundar na água, emergindo instantes depois. – Como eu disse, todos os braços fortes são bem-vindos.

– Braços fortes e línguas fortes. – Cynbel esfregou o rosto com o pano que lhe fora entregue pela rainha. Limpou também as imundícies de muitos dias que estavam grudadas no peito sem pelos e na barriga, que tinha uma pequena cicatriz ao lado do umbigo. Quando criança, levara uma flechada. Brincava de caçada com os amigos e fora incumbido de ser o cervo. – Esses três druidas que vieram são...

– Somos únicos! – Fergal, nu, apareceu na borda da piscina. – Na verdade, eu sou, os outros dois são bem... comuns.

O velho gargalhou e pulou na piscina rasa, jogando água nos rostos de Cynbel e da rainha, chamando a atenção das crianças, que riram da estripulia.

– Então você é Buddug? – Fergal assoou o nariz. – Vejo que não exageraram sobre a sua aparência.

– E vejo que Cynbel não exagerou sobre a sua língua. – A voz da rainha ecoou pela construção feita de tijolos de terracota e com chão revestido por mármore e granito. – Só espero que ela tenha algum poder.

– O poder não está na língua, está na... – Fergal fez uma careta. Bolhinhas começaram a subir ao seu lado. – Ah, deixa pra lá! Você não entenderia.

– Podemos falar abertamente com ele, Cynbel? – Buddug esfregou as mãos ásperas por empunhar a lança e manejar os arreios das montarias.

– Ele é petulante e chato, mas confio muito nele. – O jovem guerreiro encostou a nuca na borda da piscina. – E, se ele tentar qualquer coisa, a minha espada vai separar a sua cabeça do corpo com prazer.

– Confiança é tudo. – Fergal passou a mão no pescoço. – Mas me diga, Buddug, como você pretende tomar Londinium?

– Da mesma maneira que fizemos até agora – a rainha encarou o druida. – Marchando até lá e dilacerando a arrogância deles. Os invasores se veem como soberanos, então confiam que nunca iremos ousar atacar as suas grandes cidades. Para eles somos apenas selvagens rebeldes que se contentam com escaramuças menores.

– E não somos? – Fergal se mantinha sereno.

Buddug e Cynbel se entreolharam, e até mesmo as mulheres que cuidavam da rainha pararam os seus afazeres.

– Éramos, Fergal, éramos. – Buddug tinha cansaço na voz. – E isso lhes deu espaço para dominar e se tornar o maior poder por aqui. Mas agora o nosso povo tem esperança.

– O povo tem você – Fergal apontou o dedo nodoso. – Você e o seu ímpeto são o fogo que eles precisam.

– Quem sabe? – Buddug deu de ombros. – Não me importo, eu sigo em frente e sangrarei quantas vezes for preciso para livrar a Britannia dos romanos.

– E é sobre isso que quero conversar com você. – Fergal inspirou devagar. Soltou o ar pela boca fazendo um chiado. A filha mais nova da rainha riu e o druida acenou para ela, que, tímida, se escondeu atrás da irmã. – Se você quer mesmo a vitória, não deve mais lutar.

– Você tem certeza de que esse velho é um sábio druida, Cynbel? Me parece apenas mais um merda que diz falar com os Deuses! – A rainha levantou o tom de voz, irritada. – Ou será que ele foi pago pelos romanos para me fazer desistir?

– Nem um, nem outro, rainha. – Fergal mostrou as mãos espalmadas e baixou um pouco a cabeça. – Estou apenas usando a tal sabedoria para pedir a vocês algo óbvio e cristalino como essa água onde nos banhamos.

– Eu não estou entendendo nada, Fergal. – Cynbel massageou o pescoço. – Como venceremos se não lutarmos?

– Você pode lutar, você é apenas mais um guerreiro sem importância. – Fergal deu um peteleco na água, fazendo-a entrar nos olhos do jovem. – Quem não pode lutar é Buddug.

– E por que não? – A rainha cruzou os braços, ocultando os seios pequenos.

– Pelos cabelos cheirosos de Coventina! – Deu um tapa na testa. – O que tem de linda tem de lenta.

Buddug se levantou, os punhos cerrados, o semblante de uma loba prestes a atacar. Seu corpo esguio, mas com músculos bem formados, era lanhado por ferimentos recentes e antigos.

Fergal pôs as mãos atrás da cabeça e continuou a falar.

– Ao contrário do moleque Cynbel, você é alguém que dá esperança ao povo, que os motiva a lutar, mesmo nas condições mais adversas. Então, minha nobre rainha, se você morrer pela espada de um romano, quem os fará seguir adiante? Quem irá garantir que a confiança deles não desmorone?

Buddug abriu as mãos devagar, o semblante de raiva se desfazendo em dúvida. Voltou a se sentar na água morna e acolhedora.

– Seja por terem vivido as mesmas atrocidades que você – Fergal apontou para as filhas dela –, seja pela injustiça de serem submissas nas terras dos seus antepassados, ou somente pela vontade de conquistar a fama, as pessoas te seguem, Buddug. E se você cair, a rebelião e a esperança caem com você, entende?

A rainha se manteve em silêncio.

– Ele tem razão, Buddug. – Cynbel assentiu com a cabeça. – Eu e os líderes das aldeias que te acompanham somos apenas guerreiros. Temos o respeito dos nossos homens, mas não de todo o exército.

– Se é que podemos chamar a nossa turba de bretões de exército – Fergal fungou. Um gato preto com um pássaro na boca passou correndo do outro lado e sumiu. – A nossa rainha fez mais que o poderoso Cassivelauno, conseguiu unir até mesmo tribos rivais sob as suas asas.

Buddug olhava em direção ao druida, mas não o via. Os seus pensamentos voavam, tal como pássaros tentando fugir da tempestade.

– Seguiremos as suas ordens e acataremos todos os seus desígnios, Buddug, mas acho importante você se manter distante das batalhas. – A voz de Cynbel, que, ao contrário da dela, era fina, quase infantil, a trouxe de volta, os olhos passeando para lá e para cá nas órbitas.

– Isso! – Fergal bateu palmas. – Buddug precisa ser como uma Deusa, que inspira os homens, mas nunca entra nas escaramuças. Porte e voz divina você já tem, minha rainha, agora você precisa instigar, ser a faísca na palha seca, mas se afastar antes do fogaréu.

– Não! – A voz grave ecoou no grande salão de banho. – Nunca!

A rainha dos icenos esmurrou a água.

– Minha rainha, entenda...

– Cale a boca, velho! – Buddug tinha lágrimas nos olhos. E mal conseguia falar, devido aos soluços, depois de o pranto doloroso irromper da sua garganta. Respirou algumas vezes para se recompor e ninguém ali ousou dizer mais nada. – Ser rainha não é pedir para alguém morrer por mim, é estar com o meu povo, na alegria da vitória, na dor da derrota.

– E na morte? – O rosto de Fergal era duro e inexpressivo como os das estátuas de mármore dos romanos. – Porque na derrota, Buddug, nunca aceitariam a sua rendição. Cortariam a sua cabeça e a meteriam em uma estaca que seria carregada por toda a Britannia como lição aos rebeldes. Seus belos cabelos vermelhos seriam maculados com o seu próprio sangue e as imundícies da jornada pelos domínios deles.

– Que assim seja! – A rainha se levantou. – Se esse for o desejo de Andraste, nem você, druida, conseguirá impedir que isso aconteça. Vencerei ou morrerei lutando junto ao meu povo.

A rainha saiu pisando duro, seguida pelas mulheres que cuidavam dela. Do outro lado da piscina, as crianças continuavam a algazarra ingênua cheia de risos e gritinhos, apesar de a parente de Buddug tentar esconder as próprias lágrimas.

– E assim será, Buddug. Parte de você já está mesmo morta... – Fergal fechou os olhos verdes e submergiu. Permaneceu debaixo d'água por um longo tempo.

*

– E como foi? – Truta limpava algumas percas que pescara no Lago dos Gemidos, como era conhecido o local, pois, quando o vento vindo do Oeste soprava, um assovio gemido era ouvido pelos moradores dali. Os mais sacanas diziam que a alcunha não era devido ao vento, mas sim aos amantes que se doavam ao prazer em suas margens protegidas dos olhares curiosos por arbustos e árvores, ou até mesmo dentro das águas muito limpas e frias, que se aqueciam quando começava a fricção dos corpos.

Estavam distantes algumas milhas ao Norte de Camulodunum, pois queriam se reunir em sossego e sem os curiosos que perguntavam sem parar sobre o massacre na ilha dos druidas.

– Como esperado. – Fergal desabou no chão, cansado da caminhada. – Ela se recusou e irá lutar.

– Cabeça-dura! – Caomh preparava uma cama de musgos e folhas sobre a fogueira onde iriam cozinhar os peixes com cogumelos e ervas. – Ela não precisaria estar fora das batalhas, bastava não pegar em armas.

– A vingança corre em suas veias e os seus olhos estão cegos pelo ódio. – Fergal fez um muxoxo. – Os meus estariam também, não posso julgá-la.

– E agora? – Truta retirou as tripas de uma perca grande e

jogou-as no lago, para a alegria dos peixinhos que teriam um banquete.

– Boa pergunta, meu bom Truta. – Fergal passou as mãos nos cabelos brancos. – Acho que o destino da nossa terra escoou pelos nossos dedos.

– E algum dia ele esteve mesmo em nossas mãos? – Truta indagou sem levantar a cabeça. – Somos druidas, conhecedores da terra, das águas, dos bichos e das plantas. Uns sabem curar, outros matar com maldições e venenos. Alguns de nós até *falam* com os Deuses. Mas, no ocaso da vida, meu amigo, a gente começa a ver tudo com mais clareza. E eu sinto que o nosso poder está mais nos sonhos, nas ilusões da nossa cabeça, do que em quando abrimos os olhos.

Fergal se deitou e olhou para o céu cinzento com algumas manchas azuis. Nenhum pássaro voava, nenhuma nuvem lhe dizia nada e nem mesmo a sua cabeça lhe trazia as ideias que sempre o tiraram de enrascadas ou mesmo lhe concederam a fama.

E, pela primeira vez em décadas, ele chorou.

O amigo careca pôs os peixes recheados com cogumelos e ervas sobre a cama de musgos e folhas feita sobre as brasas e Caomh cobriu tudo com mais musgos e folhas para manter a umidade. Ambos se mantiveram em silêncio e se afastaram, a aurora começando a se impor, o vento fazendo o lago gemer.

Um gemido que tinha o coro do pranto de Fergal.

Nunca haviam visto o maior druida da Britannia em tal ruína.

Nunca haviam imaginado que ele tivesse um coração.

Que sofresse.

Que se importasse.

O mais velho entre os mais antigos queria ser acolhido pela terra, mas ela não o abraçou. Ela não esquentou o seu corpo.

Apenas sugou para dentro de si as lágrimas profusas e salgadas.

A terra não acolheu Fergal.

Não se importava, pois no fim ela teria a todos, plantas, bichos, homens, fossem bretões ou romanos.

A terra, assim como o tempo, era soberana.

E, no fim de tudo, até mesmo os Deuses, se um dia retornassem, iriam nutri-la.

*

VINTE E OITO ALVORADAS DEPOIS...

– Me disseram para não estar aqui com vocês. – Buddug estava no alto de um morro relvado, montada em sua magnífica égua preta como o carvão. Trajava uma armadura de malha de ferro presenteada por um rico guerreiro vindo das terras altas do Norte junto com cem homens para se juntar à rebelião. Sobre a couraça, usava um belíssimo e pesado torque feito com uma liga de ouro e prata. E, às suas costas, uma capa de pele de arminho estava presa por um broche de ouro trazido por Cynbel de um dos mortos no Templo de Claudio. – Me disseram que, se eu morresse, seria o fim. Que eu deveria instigá-los a lutar, mas me manter distante. Afinal, sou a rainha!

Olhou para os milhares de homens, mulheres e crianças, que mesmo sendo novas demais, já pegavam em armas. Alguns estavam confusos, outros temerosos. Os seus companheiros mais próximos riam.

Levantou a sua grande lança, agora com uma nova ponta de aço, brilhante, aguçada como o dente de uma loba.

– Eu virei as costas a esse velho cagalhão e estou aqui com vocês. Pela vingança, pela vitória, pela soberania nas nossas terras! – A multidão berrou ensandecida. – Morte aos romanos! Andraste quer se banhar no sangue deles!

– Velho cagalhão – Caomh riu. – *Taí* um bom apelido para você.

– Não podemos negar – Truta aplaudia. – Buddug é ousada e destemida, pois, como seguidora da Deusa, sabe que ofender um druida, aliás, aquele que é tido como o maior entre os maiores, é algo arriscado.

– Ela é ousada e destemida, mas está cega... – Fergal tinha as mãos na cintura. – Mas não adianta chorar. Venham, vamos ajudá-la no que pudermos.

O velho druida esporeou o seu cavalo e foi seguido pelos dois, que não tiveram tempo para perguntar o destino daquela jornada. Ela terminou depois de algumas milhas, no limite de outra grande cidade que agora pertencia aos romanos.

Londinium.

.

.

.

– Quem vem lá? – Um dos guardas da ponte de madeira sobre o rio Tems, chamado pelos romanos de Tamesis, se levantou e deu um passo à frente, a lança baixa, a postura desleixada. – Desmonte, venha andando até aqui e...

Fergal jogou um pó amarelado nos olhos do romano, que começou a berrar de dor. Soltou a sua lança e levou as mãos ao rosto. O outro vigia, mais jovem, em pânico, teve o mesmo destino do companheiro, dessa vez causado por Truta. Atirou-se no rio tentando cessar com a dor. Porém a água não aliviou o suplício.

O terceiro guarda, um grandalhão que estava cagando atrás de uma árvore, um pouco afastado dos companheiros de turno, se assustou quando Caomh surgiu montado em um cavalo marrom. O gorducho atirou o pó em direção ao romano, mas uma lufada de vento o traiu e metade voltou para o seu próprio rosto.

Os dois gritaram em agonia, as mãos nos olhos, os guinchos ecoando pelo Tems. Caomh caiu do cavalo, mas, por sorte, a margem macia e recoberta por plantinhas rasteiras amorteceu-lhe a queda.

– Você é vergonhoso, gordão! – Fergal acertou a cabeça do romano grandalhão com um galho, pois ele já se recompunha. Pouco pó o atingira. – Abre os olhos! Abre os olhos, porra!

Caomh obedeceu e Fergal cuspiu em cada um deles, aliviando a dor, como se no escarro houvesse o antídoto. Restaram apenas a vermelhidão e as vistas embaçadas.

– Suba no seu cavalo e venha logo! – O velho seguiu Truta, que já estava no meio da ponte de madeira.

Caomh montou com dificuldade, mais pelo peso do que pelos olhos, e seguiu Fergal. Os cascos da sua montaria tamborilavam nas tábuas grossas de madeira.

Cruzaram com muitas pessoas, comuns e soldados, mas ninguém os impediu de seguir. Afinal, não sabiam do ocorrido do outro lado da ponte.

Até uma corneta soar, e depois outra, e mais outra.

– Espero que o maior druida da Britannia saiba o que está fazendo, ou estaremos fodidos! – Truta puxou as rédeas.

– Fodidos agora, fodidos depois... – Fergal emparelhou sua montaria à do companheiro.

Soldados os cercaram perto de uma estátua de mármore que representava algum cidadão importante ou até mesmo um Deus dos invasores. Era imponente, musculoso e belo, mas tinha o pinto pequeno demais, o que devia frustrar as moças e moços que recebessem os seus gracejos.

Foram tirados das suas montarias, amarrados pelos pulsos e levados pelas ruas, algumas calçadas com pedras, outras de terra batida, sempre sob os olhares curiosos dos ocupantes daquela importante cidade. Seus moradores, descuidados, tinham os pertences surrupiados por dois meninos ladinos que aproveitavam para fazer a festa na turba que se formava ao redor dos três druidas.

– Espero mesmo que você saiba o que está fazendo, Fergal! – Caomh, o rosto e os olhos bem vermelhos, o suor escorrendo e encharcando a camisa, voz ofegante pelos passos apressados. – O nosso rabo está em jogo.

– O nosso rabo está em jogo desde que nascemos, gordão. – Fergal se mantinha calmo. – Então pare de reclamar e mostre um pouco de dignidade. Se hoje for o nosso último dia nesta terra, que...

– Quem são vocês? – um homem de nariz comprido e pontudo e cabelos grisalhos encaracolados chegou em um cavalo branco. Estava trajado com uma armadura de bronze, que ostentava um leão no peitoral – E, antes que eu os mate, me digam, por que vocês atacaram os meus guardas?

– Você chama aqueles merdas de guardas? – Fergal cuspiu. – Até mesmo uma criança conseguiria dar uma sova neles.

Caomh, de olhos ainda vermelhos, mas com a visão reestabelecida, murmurava preces, principalmente quando o gládio do seu captor era pressionado com mais força contra o seu bucho.

Truta se mantinha calmo, tão calmo que se sentou no chão, de pernas cruzadas, e começou a acariciar um cãozinho com as duas mãos atadas pelos pulsos.

O romano gargalhou, seguido por seus guardas.

– Ou você é muito estúpido ou a loucura tomou conta do seu espírito! – Juntou as mãos e as balançou. – Não importa! Pelas boas gargalhadas, talvez eu só lhes dê algumas chicotadas.

– Aqueles três poderiam mesmo ser abatidos por crianças! – Um velho trajando uma bela toga branca se aproximou. – Titus os colocou lá porque não os aguentava mais do seu lado!

– Meu bom Spurius! – O romano de armadura pomposa fez uma mesura. – Esses três imbecis conseguiram sobrepujá-los com imensa facilidade!

– Imbecil é a sua mãe que trepou com o seu pai e te gerou. – Fergal encarou o romano. – Ela deve estar decepcionada por ter parido esse monte de bosta.

O homem crispou os dentes e o seu rosto ficou vermelho como uma framboesa quase madura.

– Mudei de ideia. – Desmontou do cavalo branco. – Você será açoitado, e amanhã, antes do meio-dia, será decapitado.

– E quem vai me matar? – Fergal aproximou o rosto do romano. – Você acha que consegue, Gaius Suetonius Paulinus?

As palavras sibiladas fizeram o governador se afastar, dando um passo para trás, e colocar a mão no punho da sua espada.

– Como você sabe o meu nome, druida? – Gaius Suetonius tentou recompor a postura, mas o seu rosto já não emanava confiança.

– Você esteve em Mona, na nossa amada Ynys Dywyll. – Fergal se soltou das amarras como se elas estivessem frouxas, e até mesmo Truta e Caomh olharam espantados para o amigo. – Você matou todos que lá viviam e queimou o nosso bosque sagrado. Você ofendeu os Deuses e o maior druida que a Britannia já teve.

– Sim, eu destruí a sua amada ilha e matei os poderosos druidas perdendo apenas um punhado de soldados velhos. – O governador apontou o dedo para Fergal. – E você, *maior druida de todos,* não pôde defendê-los.

– Eu não estava lá. – Fergal não piscava os olhos verdes. – E eu não sou o maior de todos. Ele é!

Apontou para Caomh, que engasgou e começou a tossir.

– Eu sou?

– Sim, você é. – Fergal não tirava os olhos do governador. – Só é humilde demais e não aceita a alcunha. Você estava em Ynys Dywyll, e você sobreviveu às chamas que consumiram o bosque.

– Sobrevivi porque...

– Não fale, mestre! – O velho interrompeu o gorducho, que suava ainda mais. – Esses montes de bosta não são dignos de ouvir a voz daquele que conversa com os Deuses!

– Permaneça em silêncio, mestre. – Truta, que agora forçava as amarras, embora não conseguisse afrouxá-las, se levantou. – Que você fale somente para invocar Andraste e trazer a morte para eles!

– Caomh, nosso mestre, estava na ilha e permaneceu no bosque enquanto ele queimava. – Fergal remexeu a bolsa de couro que sempre estava amarrada em seu cinto de cânhamo, o que fez o governador sacar a espada. Tirou de dentro um pote de barro de boca fechada por cera de abelha.

– Tô começando a acreditar que essa bolsa é mágica – Truta murmurou. – Cabe tudo nela e ela sempre parece vazia!

– Caomh permaneceu no bosque – Fergal continuou. – E mesmo quando todas as nossas árvores sagradas, tão antigas quanto a Britannia, se incendiaram, o seu corpo permaneceu incólume!

– Impossível! – Spurius abriu os braços. – Ele deveria ter queimado como um leitão na brasa, ainda mais com tanta gordura. Meu governador, essas são apenas lorotas para nos distrair e...

Fergal, ágil como um jovem na tenra idade, avançou contra o nobre e enfiou o pote de barro dentro de sua toga. Deu um tapa, fazendo-o se quebrar e o homem gritar.

– Por que está gritando, meu bom Spurius? – Um sorriso nasceu na boca de Fergal. – É apenas mijo.

O nobre, com a toga encharcada, ameaçou estapear o velho druida, que tinha as mãos atrás do corpo. Arregalou os olhos e voltou a gritar. O fogo começou a consumir a sua roupa e a sua carne, enquanto muita fumaça branca se desprendia dele.

Spurius se atirou no chão, em desespero, e começou a rolar, mas as chamas não cessavam.

– Pra que você precisa de tanto mijo? – Cynbel coçou a cabeça e pôs a mão sobre o nariz.

– Para fazer um fogo mágico! – Fergal olhava as larvas em um balde quase cheio de mijo putrefato que estava ali havia dias. Outros dez estavam ao lado da fornalha onde um grande tacho era aquecido.

– E desde quando mijo queima? – Cynbel também olhou para o balde e teve de conter o regurgito. Dois guerreiros traziam mais quatro baldes cheios até a boca com o mesmo líquido fedorento. – Quando trepamos muito, mijar arde, mas é só mascar...

– Você fala demais, moleque! – Fergal derramou a urina de um balde no tacho. – Desde que eu te conheci você sempre foi falastrão! Se vai ficar aqui, cale a boca. Se não, saia!

O guerreiro obedeceu e saiu, pois o fedor na cabana ofendia as narinas.

E durante toda a noite Fergal ferveu a urina podre, obtendo uma massa pastosa e ainda mais fedorenta, que fora misturada com areia e reaquecida em outro caldeirão até se tornar uma gosma que brilhava no escuro.

– Essa foi a parte fedorenta, mas fácil. – Fergal limpou o suor da testa. – Agora vem a verdadeira magia...

Continuou a trabalhar até que, no primeiro raiar do sol,

obteve algo parecido com um ovo grande, ceroso, macio e quase transparente. Colocou-o dentro do pote de barro cheio de água, que vedou com cera de abelha.

– Pronto – suspirou. – O fogo mágico que vem do mijo!

Deitou no chão, exausto, e roncou durante todo o dia.

– O que você botou na toga dele? – Gaius Suetonius encostou a ponta da espada no pescoço de Fergal. – Apague o fogo agora!

– Era apenas mijo, governador! – O druida olhava Spurius se contorcer enquanto as chamas consumiam a toga, os cabelos, a carne. – Mijo de Caomh, que absorveu todas as chamas do bosque sagrado!

– Apague! – o governador berrou e pressionou a ponta afiadíssima da espada no pescoço do druida, manchando a barba branca de vermelho.

E nem isso tirou o sorriso do rosto de Fergal, que via a sua *magia* consumir o romano.

– Ele não pode! – Truta se aproximou. – O fogo contém a almas dos druidas mortos e a ira dos Deuses por seu local de adoração profanado!

Spurius desmaiara. Pela dor ou pela fumaça inalada, não se sabe. E morreu quando o ovo mágico que veio do mijo queimou a carne até chegar no seu coração, para só então se apagar.

– Matem todos! – Gaius Suetonius ordenou.

E os soldados que ali estavam sacaram as suas espadas, hesitantes, mas adestrados para cumprir as ordens do seu senhor.

Caomh, com dificuldade, desafivelou o cinturão e abaixou as calças, exibido uma rola avantajada sob o barrigão e os pelos pretos fartos.

– Eu bebi oito jarras de cerveja e cinco ânforas de vinho antes de vir para cá. – Apontou o pau para o governador. – Estou morrendo de vontade de mijar e, se eu me esvaziar aqui, Londinium já era!

– Mentira! – Gaius Suetonius apontou para o gorducho. – Matem esses desgraçados!

– Pague para ver, governador! – Fergal deu um tapa na espada, fazendo-a cair da mão de Gaius Suetonius. – Camulodunum queimou. Vai arriscar perder Londinium? A próxima coisa que perderá será a sua cabeça a mando do tal imperador!

Gaius Suetonius olhou para o seu homem de confiança morto, o rosto retorcido, o corpo enegrecido pelas chamas. Mordeu os lábios finos antes de falar.

– E o que você quer?

– Eu preferia que o gordão mijasse em você, mas você pode tirar esse rabo sujo da minha frente. Vá embora e leve a legião.

– Nunca! Se eu me for, perderemos Londinium de qualquer jeito! – Caius esmurrou o ar. – Não caio em suas traquitanas, velho!

– Perderão, mas sairão vivos e para lutar outro dia – Fergal sorriu. – Hoje os seus deuses não estão do seu lado. Se estivessem, não haveria druidas fazendo magia antiga aqui.

– Nunca! – O governador berrou.

– Mije, Caomh! Solte a enxurrada e queime tudo! – O velho druida abriu os braços, teatral. O sangue manchava a sua túnica verde, presente de Cynbel, pois as suas antigas vestes ficaram impregnadas de urina podre. – Faça a cidade se tornar cinzas e a alma dos nossos irmãos atormentarem para sempre o governador, que sofrerá a agonia do fogo eterno. Mije, meu mestre, mije!

O gorducho segurou firme com as duas mãos o seu precioso amigo grandalhão.

– Lá vem fogo, estou sentindo as minhas nozes esquentarem! – Caomh fez uma careta. – Pela xoxota flamejante de Belisama, vai ser tão forte que vai fazer ferver a água do Tems!

– Pare! – Gaius Suetonius juntou as mãos em prece e se prostrou de joelhos. – Nós partiremos! Agora!

– Pelas tetas murchas da minha avó, deu certo! – Truta murmurou entredentes.

– Vá e não tente nenhuma traquinagem, governador, ou sentirá a fúria do maior druida da Britannia! – Fergal pegou o gládio de Gaius caído no chão e fez um corte na bochecha do homem, que arregalou os olhos castanhos, mas não gemeu. – E isso é por ter me ferido, então, sem mágoas...

Fergal entregou a arma para o governador e se virou de costas, sem medo. O romano se levantou, sangrando, o rosto tremendo, os joelhos sujos de terra avermelhada.

Gaius Suetonius cambaleou até o centurião que lá estava e as ordens foram dadas. Cumpriram a promessa e partiram. Cerca de três mil e quinhentos soldados especialistas na guerra desguarneceram Londinium. Ficaram apenas os bretões que haviam se curvado aos romanos e algumas centenas de soldados mais velhos que já tinham posses e famílias ali. E ninguém ousou se aproximar dos três druidas.

– Eu nem estava com vontade de mijar, mas por pouco não me caguei! – Caomh vestiu as calças depois de ter a corda que atava seus pulsos cortada. – Você já havia pensado nesse plano?

– Quem sabe! – Fergal riu. – Pensei em usar o ovo de fogo que fiz na noite passada, mas não sabia como.

– Os Deuses nunca nos desamparam. – Truta cortou a corda dos seus próprios pulsos.

– E como você *chocou* esse ovo? – Caomh massageou o pescoço, tenso e duro como um tronco.

– Segredo, meu amigo – Fergal piscou. – Se todos soubessem essas artes, eu não seria o maior druida da Britannia.

– Bem, para os romanos, esse título agora é meu! – Caomh riu.

E então, pela segunda vez naquele dia dedicado a um tal de Marte, deus da guerra dos invasores, as trombetas soaram.

A rainha havia chegado.

*

Cynbel, em sua biga, ia ligeiro entre os ocupantes desorganizados de uma Londinium que já começava a queimar. Talhava rostos, furava peitos, fendia ossos. Ao seu lado, um meninote, seu parente, guiava os dois cavalos com habilidade ímpar: avançava e manobrava em sintonia com Cynbel, que estocava e cortava com a sua espada quase dois palmos mais comprida que o gládio usado pelos defensores.

Eles estavam sorrindo.

Buddug seguia ao centro com a sua lança comprida, que mandara pelo menos três para o outro mundo e deixara mais sete estirados no chão. O guia da sua biga, um magricela peludo que fazia questão de sempre entrar nu em batalha, não era tão habilidoso nas manobras; contudo, a presença imponente da alta rainha intimidava e fazia os inimigos hesitarem. O que lhes era fatal.

– Andraste! – A rainha dos icenos se inclinou para a esquerda, e a sua lança varou a cota de malha e o peito do cavaleiro romano que vinha ao seu encontro. Ele tombou no chão, e o enxame de bretões começou a saquear o corpo do homem rico ainda vivo.

– Seu chupador de cu de porco! – Bleiz, o guerreiro que viera do Norte e presenteara Buddug com a sua nova armadura de malha, se levantou, a testa sangrando, o rosto sujo de barro. Enfiou a espada no pescoço da sua égua, que agonizava depois de ter o peito perfurado por uma lança. – Ela estava prenhe!

Correu até um dos lambe-bagos dos invasores, um celta de cabelos marrons como a diarreia e compridos como a crina da égua morta, que se virou e tentou fugir. Teve a coluna fendida pela lâmina pesada que desceu na transversal.

Outro jovem que tentara pegar Bleiz desprevenido teve a barriga perfurada: o senhor do Norte recebeu a estocada na lateral do corpo, mas o gládio não conseguiu superar os elos bem unidos da sua armadura. O rapaz agressor chorava, caído, com os intestinos nas mãos.

Uma flecha acertou o elmo de Cynbel, que quase caiu da biga. Reaprumou-se e separou a cabeça do atacante do corpo.

Gargalhou.

– Essa foi boa, Cynbel! – O menino puxou as rédeas para desviar de um morto. – A cabeça dele vai rolar até o Tems!

Buddug espetou o olho de um celta careca e de barba trançada, e a velocidade da biga aliada à ponta muito bem forjada da lança fez o metal sair na nuca do infeliz e ficar presa. A rainha largou a arma e sacou a espada que pertencera ao seu marido.

E seguiu Cynbel para o centro da cidade, matando quem se interpunha no seu caminho ou tentava fugir.

Mulheres.

Velhos.

Doentes.

Não houve distinção.

.

.

.

– Vocês demoraram! – Fergal comia pão mergulhado em uma panela com *garum* que ainda estava quente, o cheiro pungente de peixe e crustáceos dominando a construção feita de tijolos revestidos de argamassa, cheia de paredes e divisões, e áreas descobertas onde se captava a boa água da chuva, muito diferente das casas circulares dos nativos. Estavam na moradia de um dos romanos que partiram com o governador. – Mas, já que chegaram, sirvam-se antes que o gordão coma tudo.

Caomh sorriu com a boca cheia de queijo e peixe. Truta soluçava, os olhos injetados, um cântaro quebrado aos seus pés.

– A cidade está pegando fogo! – Cynbel tinha o rosto emplastrado de suor, fuligem e sangue. – Vamos embora!

– Eles devem ter achado que eu mijei! – Caomh bateu palmas.

– Pra que a pressa, moleque? – Fergal mastigava feliz. – O fogo não chegará aqui, o vento está soprando para o outro lado.

– E tem um rio que corre aqui no fundo. Qualquer coisa pulamos nele. *Hic!* Se bem que vai chover... – Truta gargalhou. Tombou para o lado e começou a roncar.

Fergal olhou para cima pelo *compluvium*, abertura por

onde se captava a água da chuva e iluminava o vestíbulo onde estavam e os ambientes adjacentes. O céu era de um belo azul salpicado por poucas nuvens.

– Você mijou? Não estou entendendo merda nenhuma. – Cynbel embainhou a espada.

– Onde está o exército romano? – A rainha entrou seguida por um guerreiro e uma guerreira que carregavam um combatente mais novo, com um corte profundo no pescoço.

– Partiram junto do governador. – Fergal mexeu em sua bolsa de couro e tirou de lá um pequeno embrulho feito com folhas e amarrado com cânhamo. Abriu-o com cuidado e pôs o conteúdo dentro de uma taça de prata com várias pedras preciosas incrustadas e um pouco de vinho. Macerou a mistura com um osso da costela de carneiro que acabara de roer. – Ponham ele sentado aqui.

O homem e a mulher colocaram o jovem de rosto pálido e os olhos quase se fechando no chão, recostado na parede de alvenaria. Fergal se levantou e pôs o emplastro no furo, enfiando bem no fundo com o dedo sujo.

O jovem, de cabelos quase tão vermelhos quanto os da rainha, gritou e desmaiou em seguida. Fergal o pôs deitado e colocou o restante da mistura de um verde bem escuro, quase preto, ao redor do ferimento, formando uma espécie de tampão que estancou a sangria.

– Ele vai viver? – A guerreira limpou o suor da testa.

– Se for para ele permanecer nesta terra, ele despertará, se não... – Deu de ombros.

– Por que o governador abandonou a sua principal colônia? – Buddug virou uma taça de vinho com três longos goles.

– Porque senão Caomh iria mijar em tudo. – Fergal voltou a se sentar e a comer o seu pão com *garum,* mesmo com as mãos sujas de emplastro e sangue.

– Caomh iria mijar em tudo? – A rainha franziu o cenho. – Não estou entendendo nada, Fergal!

– Nem eu! – Cynbel olhou para a rainha.

– E você não precisa entender nada, minha rainha. – Fergal tinha a boca cheia. – Você vence as batalhas e empolga o povo, e nós, druidas, fazemos a nossa magia!

Buddug ameaçou retrucar, mas desabou sobre o banco de madeira ao lado do velho e lhe afagou os cabelos brancos, bem penteados para trás.

E se banqueteou junto a eles.

Enquanto Londinium queimava.

E aqueles que não tiveram a sorte de morrer pela espada gemiam e gritavam, em agonia.

*

– Merda! – Gaius Suetonius Paulinus esmurrava um carvalho alto e de tronco muito largo. As raízes saíam e reentravam na terra relvada como imensas larvas marrons. Na casca havia, entalhados, alguns símbolos sagrados feitos pelos primeiros druidas, ocultos pelos musgos e líquens que cresceram nas cicatrizes antigas. – Merda!

Olhava para as chamas que consumiam a distante Londinium. E para as nuvens que se adensavam no céu que há poucos instantes estava bem azul.

– Mesmo que a gente permanecesse lá, meu senhor, não conseguiríamos contê-los. – Um dos homens da sua guarda pessoal se aproximou. – Lá não há muros, e eles vieram com dezenas de milhares de guerreiros. E, além disso, eles têm os três druidas, e um deles mija fogo...

O baixinho atarracado gorgolejou sangue e caiu para trás com a mão no pescoço. Estrebuchou até os espasmos cessarem e o sangue ser absorvido pela terra. Nutriria a árvore ancestral.

– Eu te amava como a um filho, Lucius, mas você sempre falou demais. E essa sua voz esganiçada me irritava. – O governador se agachou ao lado do morto e limpou a lâmina do gládio na túnica feita de linho que ele usava. Fechou-lhe os olhos assustados e se levantou.

– Para onde iremos agora, meu senhor? – Gnaeus Julius Agricola, o tribuno que acompanhava Gaius, tirou o seu elmo, os cabelos suados grudados na testa.

– Para o forte. – Gaius embainhou a espada. – Precisamos nos recompor e esperar os reforços. Mandei uma mensagem para as legiões que ainda estão em Mona para nos encontrar. Não caberemos todos ali, mas é o melhor lugar para irmos agora.

– Mas e Verulamium? – Gnaeus apontou em direção ao município onde havia mais bretões apoiadores dos invasores do que romanos propriamente ditos. – Tenho certeza de que eles são o próximo alvo.

– Eu também. – O governador massageou as têmporas. – Também mandei mensageiros para lá.

– E quais serão os próximos passos, meu senhor? – O jovem legionário olhou para o céu, que acabara de se tornar cinza-escuro.

– A cidade está perdida, ordenei que a evacuassem e quem pudesse lutar se juntasse a nós. – Segurou o punho do seu gládio e montou no seu cavalo branco. – Agora vamos.

Eles rumaram para noroeste, para um pequeno forte na estrada que vinha de Mona.

E a tempestade caiu.

*

– Não é que está chovendo mesmo! – Fergal observou o aguaceiro que entrava pelo *compluvium*, a abertura quadrada no teto, e enchia rapidamente o *impluvium*, a cisterna onde a boa água da chuva era armazenada. – O nosso Truta, bêbado, ali na cama do anfitrião fugitivo, usou os seus *poderes* de druida e conseguiu prever a tempestade.

– Ou causar ela – Cynbel arrotou, a taça de prata cheia de damascos açucarados trazidos de terras distantes do império. – Porra, isso aqui é uma delícia!

– Ou causar ela... – Fergal olhou novamente para o céu e se encolheu quando um trovão ribombou.

Um cão cinzento de orelhas caídas ganiu e veio se aninhar aos pés do druida, que derrubou para ele o restante da iguaria caríssima que era o *garum*, lambida com voracidade.

– E agora, minha rainha? – Caomh, cuja barriga lotada de comida e bebida forçava o seu cinturão ao limite, ofegou, de tão estufado que estava. – Para onde você pretende seguir?

– Ainda não sei, Caomh. – Buddug acenou para as filhas que passaram correndo por ela, seguidas da sua parente. – Ainda não pensei nisso, mas creio que terei tempo para decidir, pois essa chuva não irá passar hoje.

Choveu por dez dias e dez noites sem parar. E as ruas de terra de Londinium se tornaram um lamaçal em que era quase impossível caminhar. Mesmo o Tems teve uma grande cheia e afogou um punhado de bretões bêbados que, depois de uma aposta para decidir quem se deitaria primeiro com uma moça que vendia seus préstimos para os soldados, resolveram que a melhor maneira de demonstrar virilidade era atravessar o rio a nado.

– Verulamium. – A rainha dos icenos apareceu trajada com a sua armadura recém-polida com areia molhada no vinagre a fim de tirar todos os pontos de ferrugem. Estava montada em sua égua preta, que tivera os pelos escovados e a crina aparada. – É para lá que iremos marchar.

– Aquele cu de vilarejo onde só tem velhos, aleijados e uns romanos que mal conseguem conter a merda dentro do rabo? – Fergal macerava uma mistura avermelhada e fedorenta em uma tigela feita de bronze. – Por que lá?

– Fica no caminho para o Noroeste, onde eles estão se reunindo. – Buddug riscou o chão barrento com a ponta da lança comprida e a água brotou na trilha feita pelo aço. Tirou os cabelos vermelhos da frente do rosto e olhou para onde viera. Os guerreiros, cavaleiros e cocheiros já seguiam em marcha. – Precisamos de suprimentos. Tenho certeza de que encontraremos algo lá.

– Esses velhos e aleijados não irão fugir. – Cynbel veio afundando as botas na lama grudenta a cada pisada. – Então, teremos suprimentos, sim.

Fergal assentiu e continuou a macerar a mistura com um pedaço de madeira.

– Se você estava naquela boa moradia, que tem um ótimo fogareiro, por que veio até aqui, nesse lamaçal? – Cynbel quase se desequilibrou.

– Porque eu preciso daquela água para a minha mistura. – Apontou para onde um romano, alvejado pelas costas por um dos pilos do seu próprio exército, apodrecia, rodeado de moscas, o cheiro insuportável quando o vento soprava na direção deles. Ao seu redor, uma poça de água imunda e cheia de larvas que saíam roliças das carnes e se afogavam.

– Termine logo o que você está fazendo, Fergal. – Buddug virou a égua. – Se quiser nos acompanhar, partiremos logo após o meio-dia. Não irei esperar ninguém. Nem mesmo você.

Partiu, seguida por Cynbel, que bufava e praguejava a cada passo atolado.

– Se tem algo de que ninguém pode acusar a rainha é de ser indecisa. – Fergal escarrou na mistura que engrossava e soltava bolhas com sons de peidos.

.

.

.

– Vocês estiveram comigo na vitória em Camulodunum. – Buddug, ereta e altiva como uma estátua de pedra de Minerva, uma das deusas dos romanos, olhava as dezenas de milhares de pessoas que a seguiam. Ela subira no alto de uma carroça cheia de suprimentos a fim de poder ver melhor e ser vista. Inspirou, mas o ar teve dificuldade em entrar no peito, tamanha a emoção. – Vocês queimaram Londinium ao meu lado!

Houve berros e brados. Armas batendo nos escudos, assovios estridentes e arrotos azedos dos que beberam demais. E até mesmo os cavalos e éguas, milhares deles, relincharam, as barrigas cheias do mato farto que crescia naquelas terras úmidas e férteis.

– E agora, estamos prestes a mais uma vitória aqui em Verulamium, que nós conhecemos como Verlamion, que sempre foi a terra de vocês, catuvellauni! – Apontou com a sua lança para um grupo com uns sete mil homens e mulheres daquela tribo. – Terra que foi tomada pelos invasores e que hoje será retomada por nós. E devolvida aos donos por direito de nascimento!

Todos berraram, principalmente os catuvellauni mais velhos, que ainda sentiam a dor da humilhação de serem expulsos e a raiva por terem visto parentes serem mortos pelos romanos.

Um velho pôs a mão trêmula sobre o buraco onde deveria haver o seu olho esquerdo. Crispou os lábios, mostrando os poucos dentes que lhe restavam na boca.

– Você me diz que um dos meus soldados roubou o seu ouro e a sua prata. – O centurião se aproximou com as mãos na cintura. – E eu lhe digo que não vi nada.

– Meu senhor, ele entrou na minha casa enquanto eu forjava essa faca que lhe dei de presente. – Apontou para o cinto do soldado, onde estava a bela arma com cabo feito de chifre de veado incrustado com fios de ouro. – Abriu o meu baú e levou tudo!

– E quem fez isso? – O centurião abriu os braços.

– Ele! – O homem apontou para um jovem que estava acocorado ao lado dos companheiros.

– Venha aqui, Sextus – o centurião acenou. – Esse bom homem diz que você roubou o seu ouro e a sua prata. É verdade?

– Não, senhor. – Deu um sorriso sarcástico para o ferreiro, cujo rosto coberto de fuligem estava vermelho como as brasas com as quais trabalhava. – Eu sempre respeito os nossos anfitriões. E nunca roubaria nada de quem é tão... generoso.

Os outros soldados gargalharam. E foram contidos pelo centurião.

– Eu acho que você se enganou, meu amigo – o centurião esfregou as mãos. – Eu confio na palavra de Sextus.

– Eu o vi com os meus próprios olhos saindo da minha casa e...

– O ferreiro berrou e caiu de joelhos com a mão no rosto, o sangue vazando por entre os dedos.

– Você vê demais, seu merda! – O centurião apontou com a faca usada para atacar o homem. – Deixo você viver porque sou misericordioso e agradecido por esta excelente lâmina. Mas viverá com um olho só, para aprender a não ver demais...

– Que hoje eu tenha a minha vingança! – O ferreiro, agora um velho, mas ainda com os músculos rígidos pelo dia a dia na forja, tocou novamente no rosto arruinado e sacou a sua espada, cujo cabo fora feito com o outro chifre do veado. – Andraste!

– A Deusa veio! – Buddug apontou para o céu agora com poucas nuvens. – E ela vai estar do nosso lado quando massacrarmos os romanos e os traidores que os apoiam. O desejo dela é que os extirpemos da Britannia!

– Andraste! – A multidão berrou.

– Andraste! – O rosto de Buddug emanava fúria, e os que estavam mais próximos da rainha juraram sentir a terra tremer a cada brado da voz forte que fazia os homens e as mulheres avançarem sem medo contra a aldeia que agora se tornara um município romano.

Do outro lado, cerca de oitocentos soldados romanos velhos ou feridos demais para seguir com o governador formavam uma parca parede de escudos. E uns dois mil bretões que se aliaram a eles estavam nos flancos, uns a pé, portando escudos ovais ou em formato de gota, ambos menores que os grandes escudos-torres romanos, outros a cavalo.

– O poder de Roma está ruindo. – A rainha sorriu. – Isso é o melhor deles. É com essa força patética que eles pretendem nos barrar. Então, irmãos, vamos lhes dar uma morte rápida, ao invés de deixá-los se envergonhar da própria queda.

A multidão berrou.

Buddug desceu da carroça com a ajuda de Cynbel e foi para a sua biga. Saiu em disparada pela planície lamacenta, segurando-se firme cada vez que o veículo patinava e derrapava. Foi seguida pelos demais cocheiros, centenas deles, e pelos homens a cavalo.

Logo atrás, vinha o seu exército, as botas e sandálias afundando na terra revolvida pelos cavalos.

Não seguiam qualquer estratégia.
Não tinham coesão.
Eram um bando de milhares de homens e mulheres que avançavam como feras famintas pelas carnes regadas a vinho dos invasores.
Vinhos comprados com as riquezas tiradas deles.
Corriam aos berros com vontade de estraçalhar aqueles que se uniram aos romanos em troca de esmolas. Seus parentes, amigos e amados que se ajoelharam e se venderam.
E iriam morrer por isso. Assim como todos em Camulodunum e Londinium.
Estavam no meio do caminho quando Buddug matou o seu primeiro inimigo. A lança comprida resvalou na borda do escudo e trespassou o pescoço de um defensor romano, que babou sangue e tombou.
Um pilo foi atirado contra a rainha. Bateu na cota de malha, e o ferro se soltou da madeira, sem conseguir perfurar a excelente trama. Buddug fez uma careta de dor pelo impacto no ombro e a lança ceifou outra vida: entrou pela boca semiaberta de um romano, estraçalhando os dentes, rasgando a língua, fendendo a coluna, brilhando ao sair pela nuca.
Ele desabou inerte, assim como o soldado à sua esquerda, que teve o elmo afundado pela maça de cabeça de bronze maciço portada por Bleiz, o senhor do Norte que cavalgava ao lado da rainha.
– Ah! Os olhos dele saltaram para fora! – Bleiz berrou e golpeou outro romano. Este aparou a pancada no escudo-torre, e em seguida foi morto pelo dardo de um bretão que manobrara a biga com habilidade para os seus cavalos não baterem contra os romanos. – Esse era meu! – Bleiz ergueu a maça. – Ah, foda-se!
Um invasor de cabelos brancos, e tão roliço que precisaram adaptar amarras para expandir o seu peitoral, estocou com o gládio contra a canela do guerreiro do Norte, fazendo um furo na bota de couro curtido e na carne.
Bleiz berrou e desceu a maça com força. Esmigalhou o braço do oponente, que caiu de joelhos e teve o rosto desfigurado pelo coice da égua de um jovem celta que acabara de ser alvejado por um pilo que varou o seu peito.
O menino caiu de lado e começou a chorar, sem ar, tentando arrancar o metal que fendia a sua carne. Mas a sua força se esvaiu com o sangue e os dedos fraquejaram. Amoleceu, e os problemas e as dores desse mundo já não o incomodavam mais.
Cynbel e os seus homens decidiram seguir pelo flanco

esquerdo, para se opor aos cavaleiros bretões. E tal como uma tromba d'água que arranca árvores, pedras e tudo mais que estiver em seu caminho, fizeram o mesmo com os defensores assustados.

Muitos se prostraram de joelhos a fim de se render.

Suas cabeças rolaram pelo chão pisoteado.

Outros tentaram fugir e foram perseguidos, principalmente pelos mais novos, que montavam cavalos ágeis, menores e mais leves que as montarias dos mais abastados.

Ninguém escapou.

E essa batalha, que durou poucos instantes, não fez escravos.

Buddug, com o rosto salpicado de sangue, ergueu a lança.

O seu exército a aclamou.

E até mesmo os velhos chefes, antes relutantes em seguir a Fúria de cabelos vermelhos, a louvaram como se ela fosse a própria Deusa Andraste.

Ao longe, os três druidas observavam o massacre daqueles que tentaram defender Verlamion e a felicidade dos que iriam retomar o seu lar.

Mas eles não ficaram para as comemorações: cavalgaram rumo ao Noroeste, até onde uma grande águia de cabeça branca voou.

Lá, onde a águia de ouro de Roma estava cravada no chão da Britannia.

*

– Verulamium foi tomada, meu senhor. – O tribuno Gnaeus Julius Agricola surgiu, cabisbaixo, engolindo em seco, nervoso. O seu pomo-de-adão saliente subia e descia pelo pescoço bem barbeado. – O nosso batedor acabou de voltar de lá.

– Já sabíamos que iria acontecer, não é, meu jovem? – Gaius Suetonius Paulinius se banhava em uma tina de madeira cheia de água quente e flores aromáticas dentro da sua grande tenda de campanha. Estava vermelho pelo calor e pela jarra de vinho que esvaziara sozinho. – Aquela cidade estava perdida, foi apenas uma distração para atrasá-los enquanto reunimos as nossas legiões.

Ao contrário da noite fria lá fora, o aposento do governador tinha a temperatura agradável por causa das diversas velas e lamparinas acesas, da boa lona que não deixava o vento entrar e dos tapetes grossos que forravam o chão. Essa tenda, assim como as demais, menores e menos luxuosas, como a do próprio tribuno, foram montadas no meio da tarde em um local protegido pela floresta que o circundava e a menos de quinhentos passos da estrada, o que permitiria um rápido deslocamento quando necessário.

No seu entorno, buracos foram cavados e estacas fincadas para impedir, ou ao menos atrapalhar, ataques feitos com bigas e cavalaria. Centenas de soldados patrulhavam o perímetro, atentos aos sinais dos vigias que ficavam em lugares estratégicos, munidos de cornetas e tochas.

– O exército da tal Boudica, aquela que eles chamam de Buddug, está imenso. – Gnaeus Julius se sentou na cadeira próxima à tina. – Milhares se juntaram a ela, ainda mais depois que souberam das vitórias.

– São milhares de bárbaros, homens e mulheres que não conhecem táticas de guerra e não seguem nenhuma estratégia, meu jovem. – O governador fechou os olhos. – Nunca poderão fazer frente ao nosso exército.

– Mas nas últimas semanas fomos nós que colecionamos derrotas, meu senhor. – O tribuno coçou o nariz. Espirrou.

Gaius Suetonius não respondeu. Deixou o corpo afundar na água e imergiu por completo. Ficou assim por um longo tempo, fazendo o jovem tribuno se levantar para ver se o seu senhor ainda estava vivo.

Gaius Suetonius emergiu e puxou o ar com força pela boca. Bateu palmas, e o seu criado trouxe mais vinho para ele e para Gnaeus.

– Entenda, tribuno – a voz saiu áspera, quase rouca. – Eles venceram em lugares que já estavam fadados a cair. Não havia como defender aquelas cidades. E, mesmo que conseguíssemos, perderíamos um imenso contingente e ficaríamos desguarnecidos nesta merda de ilha. E isso, sim, seria a nossa ruína.

Encheu a sua taça de ouro com o vinho cheiroso e bebeu, o líquido vermelho escorrendo pelo peito coberto de pelos grisalhos. De pronto, o criado se debruçou por sobre a tina e começou a lamber o peito do governador, que agora deixava a bebida cair de propósito. As línguas se encontraram e digladiaram vigorosas até se separarem e o criado se ocultar nas sombras da grande tenda, para voltar de novo quando solicitado.

– Você ainda é novo, Gnaeus, e tem muito a aprender, mas saiba. – Gaius sorriu e se levantou da tina, a fumaça saindo do corpo ainda musculoso apesar da idade, as cicatrizes contando as histórias das batalhas e o pau rijo mostrando que não fugiria da próxima peleja. – Roma nunca perde. Roma é eterna.

Caminhou até o seu leito, onde o criado já o aguardava. E, sem qualquer cerimônia, o despiu, os risinhos misturados aos gemidos.

O tribuno bebeu o restante do vinho e saiu. E o vento frio e úmido o fez se enrolar em sua capa de lã tingida de vermelho. Inspirou devagar. O cheiro de fumaça, carne e álcool se impregnou nos seus pulmões. Caminhou sem pressa por entre as pequenas barracas dos soldados, todas iguais e brancas, umas novas, outras já bem puídas e remendadas. Uma porção delas ainda eram montadas por aqueles que chegaram depois.

Havia risos em volta das centenas de pequenas fogueiras que iluminavam e aqueciam o acampamento.

Havia resmungos e gemidos daqueles que ainda não estavam curados o suficiente dos ferimentos, tampouco machucados o bastante para permanecerem na enfermaria.

Havia brigas apartadas pelos líderes e punidas com severidade botando os arruaceiros em gaiolas tais como animais.

Havia gritos daqueles que perdiam o soldo em jogos de azar.

Havia roncos dos exaustos.

Havia sons de foda dos mais animados.

– Goza logo, homem! – uma mulher gritou de dentro de uma das barracas. – Por essa miséria que você me deu, terei que trepar mais umas três vezes nesta noite para conseguir ter uma refeição decente.

Do lado de fora, um cão peludo e preto degustava uma costela de cordeiro com ainda bastante carne grudada no osso, roubada da tenda de um dos centuriões.

– Chupa, mulher, chupa! – em outra barraca, o homem ordenava quase com um rosnado. – Vou gozar!

– Na minha boca não, cacete! Nos peitos, nos peitos, porra!

Perto dali, um soldado que perdera todo o dinheiro no jogo de dados se contentava em se masturbar de olhos fechados, imaginando ser ele o agraciado com a sugada preciosa da boa dama.

– Se você tivesse me dito que tinha um tronco no lugar do pinto eu teria cobrado o dobro – outra puta falou, com a voz amolecida dos ébrios. – Não vou conseguir me sentar depois de meter com você!

Uma coruja branca pousada sobre a armação de uma barraca observava em silêncio, com os imensos olhos alaranjados, dois ratinhos pretos brigarem por um pedaço de pão. Levantou voo e cravou as garras em um deles, deixando o outro com toda a farta refeição.

– Delícia, Titus! – A voz grave lembrava o arroto de um auroque. – Você tem um cu de ouro! O melhor cu de toda Roma e além!

Gnaeus caminhava para o conforto da sua tenda, onde a sua mulher o esperava, mas, pela primeira vez desde que entrara para o exército romano, ouviu os homens temerem a derrota. Temerem a Deusa de cabelos vermelhos, mestra da lança que podia perfurar até a melhor armadura sem perder o fio.

Ouviu Appius, um dos centuriões que mais matou bretões, dizer:

– Acho que devíamos nos curvar a ela. – Bebeu a cerveja que lhe fora trazida por um dos mercenários da tribo dos catuvellauni que se juntaram aos invasores. – Devíamos jurar lealdade a Boudica, antes que o golpe final seja desferido.

– Então quem sabe a Deusa tenha misericórdia de nós – o decurião ao seu lado, cujo cheiro era igual ao do seu cavalo, enfiou um naco de pão na boca. – Porque os nossos Deuses não estão aqui. Não sei se eles têm poder tão longe de Roma.

Gnaeus se sentou ao lado deles, e seus olhos azuis se perderam nas chamas da fogueira que assava pedaços de um leitão. Os dois se levantaram em respeito, assim como os soldados que ali estavam, uns tão bêbados que caíram ao tentar repetir o ato dos seus líderes.

– Podem se sentar, meus amigos. – Pegou uma caneca com a cerveja escura e a bebeu com três goles. – Em breve descobriremos se os nossos Deuses ainda têm poder. Ou se até eles temem a rainha dos icenos.

Os homens tocaram as virilhas para afastar o mau agouro e continuaram a ceia em um silêncio pesado.

*

– Nós vamos nos encontrar novamente com o tal Gaius, Fergal? – Caomh massageou o pescoço dolorido. Estava sentado encostado em uma árvore na borda do bosque enquanto o seu cavalo pastava junto dos outros dois.

– Não. – O velho druida tinha o olhar perdido no horizonte escuro, apesar de o céu estar estrelado e com poucas nuvens.

– E para onde iremos? – Truta acabara de acender uma fogueira e já punha para assar uma perdiz e um coelho que caçara mais cedo. Limpara com cuidado e retirara as vísceras, devoradas por dois corvos grandes, muito maiores que o normal, que os acompanhavam desde que partiram depois da batalha. O druida recheou os bichos com ervas, cogumelos e um pouco de sal extraído da água do mar, que sempre trazia na sua sacola.

– Descobrirei nesta noite, meu amigo. – Fergal continuava com os olhos verdes fixos no horizonte salpicado por arbustos e flores até chegar a uma colina rochosa.

– Como? – Caomh trançava talos de mato, os dedos roliços tendo dificuldade a cada dobra.

– Preciso sonhar. – Fergal se levantou e andou bosque adentro até sumir das vistas dos seus companheiros de viagem.

– Ele vai se perder nessa escuridão. – Caomh soltou os talos no chão. – Podia pelo menos ter feito uma tocha.

– Não tenho medo de que ele se perca aqui, meu amigo. – Truta, o semblante pesado, olhava para o negrume do bosque. – Temo que ele se perca onde não conseguirá mais retornar.

.

.

.

– Essa merda tem o gosto pior que o cu de um porco! – Fergal, nu, fez ânsia por duas vezes, mas não vomitou. Engoliu uma boa quantidade da massa viscosa feita com muitos ingredientes, inclusive a água putrefata e cheia de larvas ao redor do morto. – Mas se é dela que eu preciso para...

Pôs as mãos na barriga e começou a gemer de dor, sem força para soltar o grito. Caiu, primeiro de joelhos, depois para o lado. Contorcia-se, os olhos premidos, a boca salivando tal como um cão doente. Tentou se levantar, não pôde. A sua bexiga e as suas tripas começaram a se esvaziar sem controle. O maior dos druidas começou a chafurdar em imundícies.

– O que eu fiz? – Rosnou, a mandíbula travada, a respiração ofegante, dolorosa. – Me. Fo. Di.

Na escuridão quase completa causada pelas copas das altas árvores, mal se viam os símbolos antigos desenhados pelo velho druida na terra. A maioria deles desconhecidos até mesmo pelos demais druidas. Desenhos que se apagavam debaixo do sábio que agonizava.

Uma coruja piou alto.

Os dois grandes corvos que acompanharam os três amigos durante a viagem grasnaram, invisíveis em algum galho.

Fergal uivou baixinho, as lágrimas queimando os olhos, os

dentes crispados e o corpo começando a ter tremores violentos e a esquentar como se tivesse água fervente correndo em suas veias. A respiração se acelerou, o peito subindo e descendo, tentando enviar ar para os pulmões, que se comprimiam mais e mais dentro do tórax ossudo.

Gemeu.

E o seu coração parou.

*

Sete dias depois do sumiço de Fergal.

– Nós não sabemos onde ele está, minha rainha. – Caomh mordiscava o lábio grosso e escuro. – Não o vemos desde aquela noite.

– Procuramos por todos os lugares e nada. – Truta deu um tapa na careca para espantar um mosquito. – Entramos fundo no bosque e fomos além, atravessamos o rio e nada!

– Eu também mandei dois dos meus homens, os melhores caçadores da tribo. – Cynbel massageou a nuca, dolorida pela noite mal dormida e pelo excesso de bebida. – Não encontraram nenhum rastro de Fergal. Nem eles nem os cães. É como se ele tivesse sumido...

– Talvez ele não esteja mais entre nós. – Buddug apertou o amuleto em forma de tríscele que trazia preso ao grosso torque de ouro no peito. Era feito de junco trançado e embebido em resina, que o deixara impermeável e muito resistente. Ganhara da sua mãe havia muito tempo. E havia muito não o usava.

– Que ele tenha sido capturado pelos romanos! – Truta tocou a testa com o nó do dedo. – Pelo menos ainda teria uma chance...

Caomh começou a chorar. Assoou o nariz e limpou a mão catarrenta na camisa suja. Cynbel desabou em uma cadeira que estalou, e Truta murmurou preces para que Dervonnae protegesse o seu amigo.

– Com ou sem Fergal partiremos amanhã. – Buddug aprumou a coluna. – Nossos batedores disseram que mais forças vêm se unir a Gaius, e eu quero matá-lo antes que isso aconteça. Assim os romanos perderão a sua liderança.

– E se a gente partisse na próxima lua cheia, que é dia consagrado a Andarta, a Deusa da Guerra? – Truta se levantou. – É daqui a três dias, e quem sabe Fergal retorne.

– Partiremos amanhã. – Buddug se virou. – Se for a vontade dos Deuses, Fergal aparecerá.

Saiu da casa romana ocupada pelos druidas em Verlamion seguida por Cynbel, que andava curvado e com os olhos quase fechados para evitar as claridades do dia. Vomitou em uma pequena estátua de mármore que representava um tal deus Saturno.

Os homens acampados lá fora saudaram a rainha que lhes dava vitórias e as boas comidas e bebidas dos invasores. As duas filhas sob constante vigilância da sua parenta abraçaram a mãe, que as envolveu com os braços. Logo correram para brincar com outras crianças, umas vestindo elmos dos mortos, grandes demais para as suas cabeças, outras usando facas e pontas de lanças para cavar a terra em busca de tesouros imaginários.

– Se ele tivesse morrido, acharíamos um corpo, não? – Caomh enxugou as lágrimas. – Sempre há um corpo!

– Não se alguma fera o tiver devorado – Truta coçou a careca.

– Mas acharíamos pelo menos os ossos! – Caomh tinha os olhos muito vermelhos. – Tenho certeza que nenhuma fera conseguiria roer aquela cabeça dura!

– Não se essa *fera* vier do outro mundo. – O druida se virou e encarou o gorducho, que arregalara os olhos.

– Que os Deuses tenham protegido o velho. – Caomh olhou para cima e só viu o teto pintado de branco.

– Que os Deuses tenham piedade de nós. – Truta se sentou na cadeira onde Cynbel estava e pôs o rosto entre as mãos. – Mas minha mente só vê ruínas na alvorada enquanto nós, os últimos druidas da Britannia, observamos tudo, impotentes.

– Ainda não é o fim, meu amigo. – O gorducho esfregou as mãos. – Ainda não é o fim...

*

– Por que você não quer comer, meu neto? – A avó sorveu o seu caldo de peixe. – A comida não está gostosa?

– Está muito boa, minha avó. – O jovem de olhos verdes chuchou a grossa fatia de pão no caldo e pôs na boca, esboçando um sorriso falso enquanto mastigava sem vontade.

– Não precisa mentir, Fergal. – Ela descansou os dois braços sobre a mesa. – Eu te conheço há muito tempo...

O jovem olhou para a mesa de madeira maciça, redonda,

feita de um imenso tronco de carvalho. Tamborilou os dedos de unhas sujas. Um passarinho atrevido saboreava as migalhas sem se preocupar com eles. Levantou a cabeça e encarou a avó.

– Estou com medo...

– Do quê?

– De não conseguir salvar a Britannia.

– E quem disse que a Britannia precisa ser salva? – A avó se levantou e saiu da pequenina casa circular. Foi seguida por Fergal e por uma gata preta, deixando todo o pão para cinco ou seis pássaros que só então tiveram coragem de voar para cima da mesa e se juntar ao pequeno desbravador emplumado.

Eles estavam no alto de uma montanha, e o vento forte o fez plantar os pés no chão com força para manter o equilíbrio. Os cabelos brancos da avó bailavam, assim como o seu vestido verde com listras alaranjadas. Lá no alto, um gavião pairava tranquilo, estável, como se apenas uma brisa tocasse as suas penas castanhas.

A avó seguiu subindo um pequeno trecho rochoso que levaria ao cume, seguida pelo neto, pela gata e por duas cabritinhas que baliam barulhentas e pulavam de pedra em pedra. A menor parou em um arbusto e provou das groselhas maduras, seguida pela outra, que começou a devorar frutos, folhas e até mesmo pedaços dos galhos com muita voracidade.

O neto inspirou o cheiro adocicado. Colheu três ou quatro das maiores e mais viçosas e comeu-as com um sorriso no rosto. Fechou os olhos e abriu os braços, o vento assoviando nos ouvidos.

– É quase como voar!

Um assovio o trouxe de volta.

A avó, ligeira como se a idade não pesasse em suas pernas, venceu os últimos passos bem íngremes e sumiu no cume. O neto a seguiu, tendo que ficar de quatro no trecho final.

– Quem é ele? – Fergal apontou para um velho nu que estava de costas para eles com as mãos na cintura, observando a imensidão das planícies e florestas lá embaixo. E além, o grande mar.

– Sou um grande amigo de Óebfinn. – Ele se virou, a cabeleira branca também dançando a cada rajada de vento. No peito havia diversos símbolos tatuados em vermelho vivo, tão brilhante quanto brasas. – E eu já fui o maior druida da Britannia.

A avó sorriu e fez uma mesura.

– Acho que nunca te vi. – Fergal inspirou com força para retomar o fôlego. – Qual é o seu nome?

– Nomes, nomes! – O velho abriu os braços. – De que importam?

– Eles dizem quem somos. – O jovem limpou o suor da testa. A gata preta pulou no colo da sua avó e lá ficou.

– Devo conhecer uns cem Fergals – o druida sorriu, os dentes pretos como se tivesse comido carvão. – Vivos. Mortos. Renascidos... Então nomes não identificam merda nenhuma. São apenas palavras.

– Diga o seu medo para ele, meu neto – Óebfinn acariciava a gata.

– Eu tenho medo de não conseguir salvar a Britannia!

– E quem disse que a Britannia precisa ser salva? – O velho se sentou e logo as cabritinhas vieram se aninhar nele.

– Porra, vocês combinaram as respostas? – Fergal pôs as mãos na cintura. O gavião sobre a sua cabeça piou e desceu num rasante, as asas recolhidas como uma flecha.

A avó e o velho se entreolharam.

E a gargalhada jorrou livre.

Ecoando por todos os lados, avolumando-se, como se toda a Britannia risse com eles.

– Não combinamos nada, Fergal! – A avó limpou uma lágrima do canto enrugado dos olhos. – A verdade não precisa ser combinada. Todos a conhecem.

– Então quer dizer que eu devo deixar Buddug à própria sorte? – Fergal pegou um galho seco do chão. – Ela teve vitórias fantásticas, mas até quando? E quando os invasores reunirem todo o seu poderio?

– Veja, menino. – O velho apontou para a imensidão lá embaixo. – Nós não somos donos daqui. Nem os povos antes da gente.

– E nem quem veio antes deles – a avó completou com a voz serena.

– Donos? Talvez os bichos e as árvores. – O velho acariciou a cabrita, que pisou no seu saco desprotegido, ocasionando um gemido e uma careta.

– Então quer dizer que devemos entregar as nossas terras aos romanos? – Fergal quebrou o galho e o atirou lá embaixo, no mesmo momento em que o gavião subiu com uma cobra verde presa em suas garras. Pousou em uma rocha adiante, iluminada por um raio de sol, e começou a degustar a iguaria.

– Não, meu neto. – A avó continuava com a voz serena. – Sempre devemos lutar, mas saiba que o destino é tal como uma teia de aranha. Há muitos fios, há muitas tramas, e nem sempre conseguimos enxergar para onde estamos indo.

– Ou por que escolhemos tal caminho. – O velho se levantou, e seus ossos estalaram como madeiras verdes na fogueira. – Há vezes que andamos e andamos. E, quando percebemos, estamos de volta ao ponto de partida.

– Então devemos nos contentar com os desígnios dos Deuses? – Fergal olhou para o céu, mas não percebeu nenhum presságio.

– Os Deuses? – O velho sorriu. – Eu vivi muitos anos, meu menino, e, antes de você, fui tido como o maior e mais poderoso druida da Britannia.

– E além!

– E além, minha boa amiga. – O druida pôs a mão sobre o coração. – E posso te contar um segredo? Eu nunca vi um Deus. Ou uma Deusa! Nunca ouvi um sussurro deles, ou mesmo tive ajuda nos momentos de angústia e dúvida.

– Está me dizendo que os Deuses não existem? – Fergal abriu os braços.

– Não. Talvez eu não tenha conseguido chamá-los – o velho deu de ombros. – Talvez eu não seja digno da Sua presença. Ou sim, talvez eles não existam mesmo.

– Mas foram os Deuses que criaram esta terra, os rios, as árvores...

– Agora não é tempo para mentiras, Fergal – o velho druida o interrompeu. – Você também pensa o mesmo. Você também sente o mesmo!

O jovem ficou em silêncio, o vento zunindo nos ouvidos, o rosto sério, as mãos irrequietas.

– Então o que eu faço? – Encarou primeiro o druida e depois a avó, também uma druida poderosa e respeitada.

– Faça o seu melhor, meu neto! – Ela abriu os braços e se deixou levar pelo vento, subindo para além das nuvens.

– Vó! – Fergal berrou.

– E quando não tiver mais respostas, meu menino, pare de procurá-las! – O velho druida se atirou do penhasco.

E no cume restaram a gata, as cabritas, o gavião e o jovem cujos olhos verdes agora estavam vermelhos.

.
.
.

– Pela xoxota guerreira de Andraste, que dor de cabeça! – Fergal, nu, o corpo imundo, abriu os olhos e piscou algumas vezes para se acostumar com a claridade. Demorou até conseguir perceber direito o que se passava ao seu redor e soltou um gritinho quando viu uma cabrita lambendo com satisfação a sua barriga suada.

O druida a espantou com uma bofetada e pôs a mão no saco.

– Ainda estão aqui. Se essa bicha tivesse comido os meus bagos, eu a assaria agora. – Fergal se sentou com dificuldade, gemendo e arfando. – Porra, não estou morto?

A cabrita baliu e cagou um monte de bolinhas que rolaram pelo declive rochoso.

O druida pôs as mãos na cabeça. Massageou as têmporas e depois o entorno dos olhos.

Cuspiu e fez uma careta.

– Que gosto de merda!

Ele se levantou devagar, as pernas bambas, o corpo todo tremendo. Esfregou os olhos de novo, as costas ainda curvadas e os pés inseguros.

– É o lugar do meu sonho! – Olhou ao redor do cume envolto por uma névoa gelada. – Como eu vim parar aqui?

Espirrou.

– Você subiu correndo e gritando como se estivesse possuído por um mau espírito. – O pastorzinho surgiu de trás de uma rocha. – Fiquei com medo, mas não pude partir porque as minhas cabritas não saíram do seu lado. Dormiram com você, por isso você não congelou.

– Foi?

– Sim. E faz dois dias que você está dormindo sem parar. – O menino se aproximou. – Se não fossem as groselhas do arbusto lá embaixo, eu teria morrido de fome. E por sorte não choveu.

A cabrita lambeu o rego da bunda de Fergal e baliu. Pego de surpresa, o velho deu um pulo e ralhou com ela, mas a bichinha não se afastou. Continuou encarando o druida com os olhos castanhos e a língua para fora.

– Ela está... sorrindo?

– Elas gostaram de você!

– São umas taradas! – Fergal mais uma vez botou as mãos na cabeça. – Onde estou?

– Bem, eu conheço aqui como Pico do Gavião, pois meu pai o chama assim. – O pastor se apoiou no cajado comprido.

– Pico do Gavião? Pico do Gavião? Não me lembro desse lugar.

Fergal se aproximou da borda e relanceou os olhos para baixo. Então berrou, alarmado.

– Pelo imenso cu roxo de Ogmius! – Pôs as mãos sobre os olhos. – Aquilo é um exército marchando?

– Sim. – O menino parou ao seu lado. – É o exército da rainha Buddug! Meu pai está com eles e eu fiquei responsável por cuidar da casa, da mãe e da minha irmã!

Dezenas de milhares de homens, mulheres, crianças e cavalos levantavam poeira, seguidos por incontáveis carroças, mais distantes e vagarosas.

– Ela vai mesmo se embater com ele! – Cofiou a barba com raiva. – Ela podia voltar para Camulodunum e usar esse bando imenso para construir uma boa muralha e lá se defender. Mas não, ela nunca faria isso. A loba da Britannia quer estraçalhar a presa. Mas Roma não é indefesa e...

– O que você tanto fala? – O pastor coçou a cabeça.

– Um monte de coisas que você não entenderia – Fergal se virou. – Por favor, agradeça às suas cabritas por terem cuidado de mim!

– Aonde você vai?

– A Britannia não precisa ser salva, mas talvez eu possa salvar quem ainda não precisa morrer!

Desceu correndo a montanha, resmungando de dor a cada pisada em uma pedra mais pontiaguda ou algum galho.

E, chegando ao sopé, roubou o cavalo pequeno e peludo do pastorzinho, que pastava tranquilo amarrado a uma árvore.

– Que os Deuses lhe paguem! – Galopou, ainda gemendo, pois os pelos grossos lhe pinicavam o saco e o rabo, causando uma coceira incômoda. – Espero que toda essa merda valha a pena.

O cavalinho relinchou, e lá no cume as cabritas baliram para se despedir do amigo.

.

.

.

– Se os meus olhos não me traem, é Fergal que vem lá! – Caomh apontou, os dedos gordos sujos de mel que acabara de colher, as abelhas voando ao redor da sua cabeça e pousando na grossa barba preta melecada a fim de tentar reaver um pouco do seu precioso néctar. – Sim, é ele!

Truta se levantou num pulo e premeu os olhos. Abriu um sorriso.

– O safado está vivo! Sabia que esse velho tinha o couro resistente!

– E cavalga como veio ao mundo: peladão! – Caomh acenou. – Nunca pensei que o salvador da nossa terra surgiria assim.

E gargalhou, uma risada tão alta e gostosa que muitos ao

seu redor fizeram o mesmo, contagiados por ele. O riso cessou quando Caomh aspirou uma das abelhas e começou a tossir engasgado.

As mulheres e velhos que estavam na retaguarda junto dos druidas comemoraram, pois sabiam da fama e do poder daquele que acabara de chegar.

– Ele foi ao mundo dos mortos e voltou! – uma avó falou para a neta. Ela tinha os olhos opacos e esbranquiçados, já os da menina eram azuis como um céu de primavera. – E ele veio nos guiar para a vitória!

A menina estava mais preocupada em brincar com um filhote de coelho, que comia, voraz, uma folha de repolho.

– Em Fergal estão as almas de todos os druidas mortos pelos romanos. – Um velho sem o braço esquerdo ergueu os olhos para o céu nublado. – Os espíritos poderosos vão expulsar os invasores!

– Por que ele tá pelado? – Um menino que empunhava uma espada de madeira entalhada pelo pai, que estava a mil passos dali, na vanguarda do exército, olhou para a mãe com a testa franzida.

– Coisas de druida, filho!

Fergal passou depressa por eles, o pequeno cavalo trotando valente por entre as carroças e pessoas que saudavam o druida e comemoravam o seu retorno.

– Você está vivo! – Caomh o abraçou assim que ele desmontou.

Fergal deu dois tapinhas nas costas do gorducho e começou a se coçar, desesperado, a bunda e as coxas bem avermelhadas. Pegou o favo de mel que o amigo segurava e o esmagou com as mãos, esfregando a maçaroca no rabo e no saco.

Sorriu, aliviado, quando as pinicadas começaram a cessar.

O cavalinho que o trouxera até aqui deu meia-volta e seguiu pelo caminho de onde viera – e, com certeza, também não estava muito contente pelo cheiro do cu suado do druida que se impregnara em seu lombo.

– Onde estão as suas roupas? – O rosto de Truta não negava o escárnio. – Pretende espantar romanos com esse pau molenga?

– Se eu soubesse onde estão as minhas roupas, você acha que eu viria até aqui pelado? Sinto como se eu tivesse passado urtiga no rabo!

– Achamos que você estava morto. – Caomh lambeu o restante do mel dos dedos.

– Eu também. – O rosto de Fergal ficou sério. – E talvez eu tenha estado. Estou fedendo como um.

– E você conseguiu sonhar? – Truta se aproximou. – Conseguiu descobrir como salvaremos a Britannia?

– E quem disse que a Britannia precisa ser salva? – Fergal andou apressado entre as carroças, olhando aqui e ali. Parou na frente de uma e fuçou até achar uma toga muito branca feita de linho, tão limpa que parecia nunca ter sido usada. Pegou-a e a vestiu.

– Ei, velho! – Uma gorducha veio correndo, os passinhos curtos e trôpegos. – Isso é meu!

– Seu? Tenho certeza que não te serve! – Fergal também pegou um cinto de couro e um par de sandálias. – Porra, perdi a minha bolsa. Vai fazer falta.

– Seu velho larápio! – A gorducha segurou o braço do druida. – Você tem dinheiro para pagar por isso?

– Pelas coisas que você roubou? – Fergal pegou também uma faca com cabo de bronze. – Não, não tenho dinheiro, mas posso te dar uma bênção para que sempre abunde comida na sua mesa.

– Eu não quero bênção, quero prata e...

– Deixa, minha irmã! – Uma mulher tão redonda quanto a primeira veio correndo, arfando como uma morsa ao sair do mar. – Ele é Fergal, o druida, e vai trazer morte aos romanos.

A gorducha arregalou os olhos e soltou o braço do velho, que ficou com as marcas vermelhas dos dedos. Afastou-se devagar, o rosto suado em pânico.

– Te agradeço pela generosidade, e que Cunomaglus faça sempre a carne abundar na sua mesa! – Fergal beijou a testa quente dela. – Só não coma demais, pois os seus joelhos não vão aguentar o peso.

Virou-se e seguiu apressado até onde estavam os dois amigos.

– Como assim a Britannia não precisa ser salva? – Caomh encarou Fergal. – Eu não estou entendendo nada.

– Vamos. – Fergal fez um gesto com a mão e seguiu para onde estava a vanguarda do exército. – Te conto no caminho.

E os três foram. E por onde passavam, recebiam aplausos assovios e até mesmo presentes.

Contudo, nenhum dos três sorria.

Pois o destino daquela gente – e o destino deles mesmos – estava envolto em sombras.

*

– Não temam as sombras! – Buddug apontou com a sua grande lança para as nuvens pesadas que se formavam à frente. Os cabelos de fogo voavam revoltos, devido ao vento forte. – Elas vêm de Andraste! A Deusa vai trazer a tempestade que irá afogar os romanos. E nós seremos as rochas onde eles serão esmagados.

Os homens gritaram, inflamados pelo discurso da rainha, cuja voz poderosa e grave podia ser ouvida longe. Muitos deles haviam estado em incontáveis batalhas e seguido diversos líderes e senhores. Nenhum com o poder, com a presença, com a divindade da rainha dos icenos.

Muitas mulheres que também estavam prontas para matar romanos berraram, gritos estridentes que ecoaram pela planície lembrando os gemidos das almas sofredoras ou de demônios do outro mundo.

– Veja como estão acuados como ratos! – A rainha dos icenos agora apontava para o exército romano, que tinha cerca de dez vezes menos soldados que o exército dos filhos daquela terra. – Veja como eles são poucos!

– Os covardes devem ter fugido! – Bleiz, montado em um cavalo preto como o carvão, ergueu a sua espada. – E se eles tiverem ido em direção ao Norte, nas minhas terras, a minha mulher, sozinha, vai acabar com todos eles!

Houve gargalhadas.

Eles estavam felizes.

Eles estavam prontos para destroçar os invasores e matar o governador Gaius Suetonius. E esse seria o golpe mais duro em Roma desde que se apossaram da Britannia.

Buddug beijou as duas filhas, que vieram se despedir da mãe. Ficariam na retaguarda junto às carroças.

A cerca de mil passos, depois da planície, os romanos aguardavam em um desfiladeiro cujas paredes rochosas se erguiam de ambos os lados e com um bosque às costas.

– Veja como estão acuados e não podem fugir! – Cynbel sorriu para Bleiz. – Vamos esmagá-los como o martelo faz com o prego.

– Chegou o momento de extirparmos o mal das nossas terras! – Buddug ergueu a lança. – O tempo de escravidão acaba agora. O tempo de vergonha e dor se finda hoje!

O exército de Buddug se moveu. Não havia bigas desta vez. O terreno muito irregular as faria tombar ou estraçalharia as rodas de madeira com os solavancos. Mas a cavalaria era composta de quase mil cavaleiros, incluindo Buddug, Cynbel, Bleiz e outros senhores. Os cascos levantaram poeira quando iniciaram o galope, seguidos pela infantaria que trotava. Um pouco atrás, as carroças, os mais velhos, as mulheres, as crianças e os doentes também se puseram em marcha. Iriam avançar até um ponto mais elevado, de onde poderiam ver a esplendorosa vitória.

A pequena força romana permanecia imóvel, coesa.

Silenciosa.

.

.

.

– Eles são apenas selvagens! – Gaius Suetonius trajava uma armadura com um leão em relevo no peito e um elmo com crina vermelha, da mesma cor da sua capa. Montava uma égua branca e segurava o seu gládio para o alto. – Nós somos os senhores desta terra. Nós somos o poder de Roma!

Não houve gritos de apoio, apenas uns poucos murmúrios entre os homens das fileiras da frente.

– Olhe para o companheiro ao seu lado! – O governador seguiu cavalgando em frente aos homens. – Um guerreiro treinado, com boas armas e armadura. Eles são apenas famintos munidos de enxadas, machados e foices! A maioria veste trapos! E o pano nunca irá proteger a carne do nosso aço.

De novo, apenas um murmurar entre os homens mais próximos.

– Há mulheres entre eles! – O escárnio escorria pelo rosto fino. – Eles se rebaixam a ponto de serem liderados por uma mulher!

– Ela nos venceu em todas as batalhas – um soldado de pele tostada pelo sol falou para o amigo. – Já o poderoso governador só sabe beber vinho e foder com o seu criado.

O primeiro sangue no campo de batalha espirrou através da *mão amiga* – Gaius cortou o pescoço do soldado com um golpe torto, mas forte o suficiente para fender-lhe a coluna e fazer a cabeça pender para o lado.

Silêncio.

Semblantes de ódio.

E pragas rogadas sem palavras.

O governador crispou os dentes e se virou para olhar os bretões que vinham depressa. Menos de setecentos passos os separavam.

– Você vai comandar essa batalha, Gnaeus Julius. – Gaius

Suetonius pôs a mão no ombro do tribuno, que acabara de emparelhar a sua égua à do governador. – Prove o seu valor.

Sem dizer mais nada, Gaius cavalgou em direção ao flanco direito, onde havia uma estreita trilha que subia serpenteando a parede de pedra do desfiladeiro, seguido por vinte cavaleiros da sua guarda pessoal.

E, lá do alto, observou Buddug se aproximar como uma avalanche.

– Ordene para os homens atirarem todos os pilos e dardos. – Gnaeus se aproximou de dois centuriões que comandavam os homens do centro. – Que chova a morte!

– Sim, senhor!

Cavalgou até o decurião responsável pela cavalaria nos flancos.

– Vá agora e confronte a cavalaria dos bretões – apontou. – Mantenha-os longe do corpo do exército.

– Sim, senhor! – O decurião saiu em disparada.

– E você – apontou para o líder dos auxiliares, guerreiros que não eram cidadãos romanos, muitos vindos de outras terras do continente e também das tribos locais. – Avise aos seus homens: deem-me a vitória e eu lhes prometo a cidadania e os privilégios romanos!

O velho de barba bem feita e que vestia uma cota de malha como a dos *selvagens* que estavam a menos de trezentos passos sorriu. Fez uma mesura e correu para os seus, que estavam na ala esquerda da força de defesa.

Gnaeus pôs o elmo, fechou os olhos e avançou junto aos cavaleiros que já iam confrontar Buddug.

O trovão rugiu.

*

O trovão fez Fergal se encolher em cima de uma carroça na retaguarda.

– Pra que tanto barulho se não vai chover? – Olhou para o céu cinza escuro. – Será o urro da vitória?

– Ou um berro de agonia? – Truta, ao lado do amigo, cuspiu.

– Espero que o trovão seja apenas um trovão... – Caomh massageava o joelho, que estalara ao subir na carroça, sofrendo pelo sobrepeso que carregava.

– É verdade que Andraste está entre nós? – Uma menina de cabelos vermelhos como os de Buddug subiu na carroça. – Que ela vai nos dar a vitória? Que vai fazer a minha família poder viver em paz na nossa aldeia? A mamãe me disse que o meu pai e o meu irmão morreram para que a gente pudesse vencer.

– Ah, minha criança, não se iluda e... – Caomh pôs a mão na boca de Fergal.

– É claro que a Deusa está aqui! – O gorducho gemeu quando agachou, mas manteve o sorriso. – Você acredita nela?

– Sim! – A pequena assentiu com a cabeça.

– Então saiba que ela está lá, entre os nossos – Caomh apontou. – E junto com ela vêm os espíritos dos bons homens da nossa terra, como o seu pai e o seu irmão.

– Se eles estão lá, então teremos a vitória! – A menina deu um beijo na bochecha do gorducho. Desceu da carroça e correu até onde a mãe estava com um bebê no colo.

– Você fez o certo, meu velho amigo. – Fergal segurou a mão do gorducho entre as suas. – Você foi sábio.

Viraram-se, pois a canção da morte começava a ser tocada na planície.

*

– Andraste! – Buddug cravou a comprida lança no peito de um cavaleiro romano. A pancada foi tão violenta que o atirou para o lado. Morreu quando uma pisada da montaria esmagou o seu crânio.

Cynbel rasgou o rosto do decurião que comandava aqueles cavaleiros. O corte profundo cegou o olho esquerdo e partiu o nariz e os beiços dele ao meio. O grandalhão berrou de dor e começou a golpear a esmo. Um cavaleiro bretão lhe talhou o pescoço, cessando o desespero.

Bleiz, cuja espada se quebrara ao acertar o elmo de um cavaleiro, sacou a sua pesada maça e afundou o elmo de outro romano. O sangue escorreu pelo rosto de olhar abobalhado, perdido. Quebrou o braço de um baixinho com uma pancada forte logo acima do cotovelo e um terceiro guinchou de dor quando a maça lhe destroçou a clavícula. Mas o senhor vindo do norte teve o seu fim quando uma *espata* entrou-lhe no sovaco, um dedo acima do fim da armadura de malha.

A lâmina rasgou o camisão de couro, cortou músculos, veias e perfurou o pulmão, fazendo-o resfolegar engasgado com o próprio sangue. Bleiz caiu da montaria e sufocou entre as patas dos cavalos que transformavam a planície relvada em um lamaçal fedorento.

No centro do campo de batalha, a infantaria do exército de Buddug chegou até a parede de escudos dos romanos. E foi recebida por uma chuva de pilos e dardos. Muitos tombaram mortos e feridos. Outros tiveram os escudos atingidos e inutilizados.

Teriam que enfrentar guerreiros treinados de peito aberto.

Um jovem com o rosto coberto por tatuagens azuis correu empunhando a sua espada comprida. Desviou de um pilo atirado contra ele e seguiu berrando. Trombou contra um escudo-torre e não conseguiu desferir nenhum golpe: o gládio do defensor talhou a sua virilha e ele tombou chorando de dor.

O inimigo não se preocupou em pôr fim ao sofrimento: se recompôs atrás do grande escudo e esperou a onda que viria.

Ao contrário dos mercenários e auxiliares que vestiam cotas de malha, os legionários estavam paramentados com armaduras feitas com placas de ferro encaixadas umas nas outras e presas por tiras de couro.

Menos da metade dos bretões usava alguma proteção. Alguns trajavam boas cotas de malha, outros vinham com gibões e corseletes de couro e apenas um punhado se vestia com as armaduras saqueadas de romanos mortos nas outras investidas do exército. Os demais usavam apenas as suas roupas do dia a dia, da labuta no campo, no pastoreio. A sua maior proteção era a fé.

– Andraste! – Uma mulher com os cabelos bem trançados, conhecida por ser a melhor caçadora da sua tribo, atirou a lança por cima dos escudos dos defensores da primeira linha. Ela se fincou no olho de um romano da terceira fileira da parede, e antes que ele tombasse a combatente já mandava outro projétil para os ares. Esse furou a canela de um legionário magricela e muito alto, que, ao berrar de dor e baixar o escudo, teve um forcado espetado na garganta.

– Firmes, homens! Escudos colados! – um centurião ordenou e matou um grandalhão que tentou rachar a sua cabeça com o machado. – Eles são apenas aldeões. Nós somos Roma!

No flanco esquerdo, o tribuno Gnaeus se mostrava um cavaleiro habilidoso. Abaixou a cabeça no último instante e uma lâmina bretã raspou os pelos vermelhos do seu elmo. Então contra-atacou, talhando a coxa do oponente, seu aço parando no fêmur.

O tribuno sentiu uma pancada na armadura, mas a espada de um baixinho troncudo não conseguiu lhe furar a placa de ferro. O gládio romano extirpou a orelha do atacante, que urrou e desferiu um novo golpe, resvalando no elmo do tribuno.

Gnaeus estocou, e a ponta aguçada da sua espada trespassou as camadas de couro e lã que protegiam o peito do bretão. Pinicou-lhe o coração e o matou antes de desabar da montaria.

Ao seu lado, um cavaleiro romano decepou a mão de um garoto sardento que arregalou os olhos ao ver o sangue jorrar. Não teve tempo de sentir dor ou chorar, morreu com a cabeça varada por um pilo.

O pai, passos atrás, berrou ao ver o filho ser morto. Instigou a sua égua e matou quatro romanos que o interceptaram. Investiu contra Gnaeus Julius, mas o tribuno aparou o golpe com a sua espada.

– Morre, cão sarnento! – O pai estocou de novo. Sua espada afundou a placa de metal no peito do romano, mas não conseguiu perfurá-la.

O tribuno fez uma careta, travou as coxas na sela e, com um movimento em diagonal de cima para baixo, cortou as costas do pai, que se dobrou de dor e quase caiu do cavalo marrom.

Viu, no chão, o corpo do filho. Puxou as rédeas e se virou para atacar Gnaeus pelo lado esquerdo, e foi quando arregalou os olhos: a ponta de uma lança acabara de sair da sua barriga.

O romano que o atingira deixou a arma presa ao corpo do bretão e sacou a espada para atacar um velho caolho que vinha em carga. A cabeça do seguidor de Andraste rolou.

O pai desabou.

Ao lado do filho.

Segurou a mão esquerda do jovem e fechou os olhos para nunca mais reabri-los.

– Não! – Buddug berrou ao ver o irmão do seu falecido marido ter a cabeça rachada por um golpe de espada.

O corpo dele amoleceu no ato e tombou para trás, caindo sem vida no chão. Buddug, que agora usava a espada, pois a sua lança ficara presa em um romano, veio em disparada e talhou o peito de um velho que, enfim, lutara a última batalha.

Recebeu um dardo nas costas e gritou de dor. Por sorte a ponta não entrou fundo na carne, freada pelo ferro, pelo couro e pela lã que a protegiam, e o projétil não ficou cravado no seu corpo.

Puxou as rédeas e golpeou de cima para baixo, rasgando a barriga de um jovem que a puxara pela perna, tentando derrubá-la da montaria. Os intestinos saltaram para fora.

Cynbel sangrava. Tinha um ferimento feio na bochecha, mas continuava lutando com ferocidade e felicidade, rindo sempre que o aço da sua espada encontrava a carne romana.

No centro da planície, milhares de bretões estavam mortos ou moribundos. E apenas algumas centenas de romanos haviam tombado, sendo logo substituídos na parede de escudos que se mantinha firme.

– Veja! – Do alto, Gaius Suetonius apontava para a batalha. – Nós estamos resistindo. Nós estamos vencendo!

O homem cujo rosto parecia ter sido entalhado na pedra esboçou um sorriso, o lábio torto devido a um ferimento antigo.

– Desça lá e transmita as minhas ordens – o governador falou sem tirar os olhos da batalha. – Não quero prisioneiros. Esqueçam os saques. Matem todos. Todos.

O soldado assentiu e montou no cavalo, descendo devagar pela trilha estreita no desfiladeiro.

– Você fez uma aposta, Boudica... – Gaius pôs as mãos na cintura, a sua capa tremulando ao vento, o suor deixando a pele fria. – Você acreditou ser páreo para Roma. Você tinha certeza de que poderia me subjugar, que os seus deuses lhes dariam a vitória. Mas só há um senhor aqui.

Estalou os dedos e um dos seus homens lhe trouxe um odre cheio de vinho. Bebeu longos goles e sorriu ao ver os legionários avançarem como uma forte onda que varre tudo na praia.

*

– Eles vão ser massacrados! – Truta pôs as mãos na cabeça careca. – Nunca vi tantos mortos!

– Essa batalha está perdida. – A voz de Fergal saiu rouca e um novo trovão ribombou no céu. – A Britannia não precisa ser salva.

– Não sei o que aconteceu com você durante o seu sumiço, velho estúpido! – Caomh berrou, as lágrimas escorrendo e se entranhando na barba grossa e preta. – Mas nunca te vi tão derrotado. O Fergal que conheci lutaria até o fim, nem que tivesse de tirar uma ideia do rabo!

O velho druida nada disse. Desceu da carroça e correu em direção ao campo de batalha. Foi seguido por Truta e depois por Caomh, que quase caiu quando a sua sandália se enroscou em um cordame.

Fergal parou ao lado de uma égua malhada e a montou. Havia muitos animais ali, andando a esmo sem seus cavaleiros mortos a cerca de oitocentos passos.

Truta e Caomh fizeram o mesmo.

– Eu vou até onde está Buddug. – Fergal, olhos vermelhos

pelas lágrimas ardidas misturadas ao suor, segurou as rédeas. – Vão e ordenem que recuem, que fujam.

– O quê? – Truta franziu a testa.

– A Britannia não precisa ser salva, mas podemos tentar salvar os filhos desta terra! – Fergal avançou a galope.

Truta e Caomh se entreolharam.

– Eu vou pela esquerda – Truta fungou.

– Eu cavalgo pelo centro – Caomh enxugou o rosto com as costas da mão. – Que os Deuses estejam conosco.

Os três druidas galoparam pelo campo pisoteado e começaram a cruzar com os feridos que tentavam se salvar e com aqueles que não veriam seus lares outra vez.

No céu um bando de corvos voava em círculos, grasnando, aguardando o momento de se deliciar com os olhos, as línguas e as entranhas macias dos mortos.

.
.
.

– Andraste, me dê forças! – Buddug, curvada, respirava com dificuldade, o ar chiando ao entrar pela boca, o rosto pálido sujo de sangue e poeira. Um cavaleiro a atacou por trás e a espada lhe perfurou a cota de malha e se enterrou entre as costelas. – Andraste, não me abandone!

A rainha dos icenos berrou, e a voz poderosa ribombou junto ao trovão. E os que estavam ao seu redor, seu povo, tão feridos quanto ela, também clamaram pela Deusa.

E o nome Dela foi a última palavra dita por muitos ali.

Andraste...

Andraste...

Andra...

O romano virou o seu cavalo e voltou. Buddug não fugiu, apertou com força o punho da espada. Aparou o primeiro golpe que talharia o seu rosto, mas o segundo a desequilibrou. Desabou e bateu as costas com força no chão, junto aos mortos, ao lado de um menino que não devia ter nem doze primaveras. O ar fugiu do peito, as lágrimas escorreram dos olhos.

– Andraste... – murmurou, a voz fraquejando, trêmula. – Não me deixe sozinha...

O romano desceu da montaria, o sorriso no rosto por ser o assassino daquela que fora o flagelo de Roma na Britannia. Aquela que fizera o que nenhum homem conseguira: trazer de volta a esperança.

– Minha Deusa... – Buddug tateou o chão em busca da sua espada. Não a encontrou. Tocou a mão ainda quente de um morto e os seus olhos cruzaram com os de uma mulher que estava no limiar da vida. Ela balbuciou algo, talvez uma prece, talvez uma maldição para aquela que lhes trouxera a ruína. Partiu para a jornada ao além que milhares já estavam trilhando.

– Vaca insolente, rainha de terra nenhuma... – A cabeça do romano tombou para o lado, ficando presa ao corpo apenas pela pele.

Cynbel esticou a mão e Buddug se levantou com dificuldade, o ar escapando pelo ferimento, as pernas mal conseguindo sustentar o peso do corpo. Montou no cavalo coberto de suor e rumaram para onde estavam as carroças.

– Volte! – A rainha mal conseguia falar. – Cynbel, a batalha ainda não acabou. Eu sou a rainha... Preciso liderar o meu povo e...

Tossiu sangue, o corpo amolecendo, a alma prestes a deixar a carne.

Assim como eles, os bretões fugiam. A maioria morria com as costas fendidas pelos gládios ou trespassadas por lanças, dardos e pilos.

Do alto, Gaius Suetonius gargalhava e batia palmas, enquanto, no meio da batalha, Gnaeus continuava a atacar os cavaleiros da Britannia.

– Fergal! – Cynbel berrou, e o druida se virou. – Buddug está ferida!

– Merda! – O velho foi até eles. – Ponha a rainha aqui.

Emparelharam os cavalos e, com dificuldade, Cynbel pôs Buddug, agora desmaiada, à frente de Fergal.

– Cynbel, a batalha está perdida. – O druida encarou o jovem, os olhos verdes envoltos em olheiras arroxeadas. – Salve o máximo de pessoas que puder.

– Para onde você vai? – Cynbel virou o seu cavalo e rosnou. Dois perseguidores se aproximavam.

– Para o início de tudo! – Fergal puxou as rédeas. – Se puder, avise Truta e Caomh.

– Onde isso fica? – Cynbel berrou, mas o druida já galopava para longe.

Cynbel não teve tempo de perguntar mais uma vez. Instigou o cavalo e avançou contra os perseguidores.

Por toda a planície os bretões eram mortos e os que

conseguiam chegar às carroças encontravam um grande problema. As passagens estreitas entre elas formavam gargalos de gente amontoada, todos pisoteados em desespero. E os perseguidores se aproveitavam disso para matar e matar e matar.

– Onde está a mamãe? – A caçula, abraçada à parente da rainha, olhava para o campo de batalha. – Todos estão voltando, mas não vejo ela. Cadê mamãe?

A mulher de rosto magro, de ossos salientes, nada disse, apenas deixou as lágrimas correrem livres, ao contrário delas, que permaneceram imóveis.

– Ela não vai fugir, não é? – A mais velha, de cabelos de fogo como a mãe, encarou a sua protetora. – Ela vai lutar até o fim?

– Vai. – A voz falhou e seguiu-se um suspiro dolorido.

– Irmã, aqueles são do nosso povo? – a pequenina apontou com o dedinho para os cavaleiros romanos que vinham. – Cadê mamãe?

A batalha que traria a liberdade aos filhos daquela terra se tornou uma carnificina. Nem as mulheres e as crianças foram poupadas.

Gaius Suetonius Paulinus teve a sua vingança. E gozava dela do alto da encosta, bebendo, aplaudindo, elogiando-se para os seus guardas pessoais.

A rebelião de Buddug terminara de forma tão abrupta quanto começou. E o sangue dos bretões encharcava a terra, nutrindo-a, dando força para gerar as próximas árvores que nasceriam naquele campo de morte.

O domínio de Roma na grande ilha onde muitos povos caminharam, onde um dia os druidas tiveram algum poder, se consolidara. Não por completo, pois ainda havia tribos livres ao Norte, mas em grande parte da Britannia.

E quem sobrevivesse àquela batalha teria que se ajoelhar em troca de um prato raso de mingau azedo. Viveriam sob o chicote dos senhores romanos, sonhando com um passado glorioso que nunca vivenciaram.

Da ilha que um dia fora deles. Das terras sagradas e perfeitas outrora.

A Britannia não precisava ser salva.

*

Quatro dias depois da queda.

– Estamos seguros aqui. – Fergal, o corpo curvado escancarando a velhice frágil que nunca o havia dominado até aquele momento, tirou com delicadeza os cabelos vermelhos grudados na testa de Buddug, que ardia em febre. – Descanse.

– E o meu povo? E as minhas filhas? – A rainha dos icenos tossiu e gemeu de dor por causa do seu ferimento, o ar entrando e saindo chiado pela boca ressecada. – Precisamos voltar, Fergal, antes que eles percam a fé.

Tentou se sentar. Não conseguiu.

Chorou, quase sem lágrimas. E as que desceram dos cantos dos olhos verdes mal umedeceram a pele amarelada.

– Eles já perderam a fé, minha querida. Você lutou com bravura, com a sua alma, porém, agora não há nada mais que possamos fazer. – A tristeza era crua no semblante envelhecido. – Feche os olhos e durma. Vai aliviar a sua dor.

Fergal verteu um líquido arroxeado na boca de Buddug. Ela relutou, se engasgou, mas tomou alguns goles. Logo seus olhos piscaram devagar e devagar até se fecharem.

O Sol começava a se pôr, deixando o céu com belos tons alaranjados. E, conforme o azul se tornava cada vez mais escuro, as estrelas começaram a surgir no céu sem nuvens, diferente do dia da derradeira batalha. Eles estavam dentro do círculo de pedras erguido pelos primeiros povos da ilha.

– Como conseguiram erguer essas pedras, minha avó? – O jovem Fergal olhou maravilhado para as colunas maciças. – E como conseguiram botar essas pedras em cima delas?

– Ah, meu neto! – Óebfinn, deitada no centro do círculo, sorriu. – Acho que nunca teremos essa resposta. Essas pedras já estavam aqui muito antes de chegarmos, por isso que chamamos esse local de "o início de tudo". Talvez elas tenham sido sempre assim.

– Eu acho que foram os Deuses. – Fergal fez força para tentar mover uma das grandes colunas. – Só eles teriam o poder para erguer essas pedras. Essa aqui tem a altura de quatro homens.

– Não sei se os Deuses iriam perder o seu tempo erguendo pedras, meu neto. – A avó se sentou quando o Sol começou a nascer.

– Os Deuses têm todo o tempo ao seu dispor – Fergal parou ao lado da velha. – Acho que fizeram este local para nós os adorarmos. Para nos deslumbrar com a sua grandiosidade.

– Veja, Fergal! – Óebfinn puxou o neto para fora do círculo e

apontou para o Sol, que estava alinhado com perfeição no centro de duas das maiores rochas. – Não é lindo?

– Sim! – O neto pôs as mãos na cintura. – E isso prova que foram os Deuses que ergueram esse local. Eles queriam nos dar esse presente.

– Talvez, meu neto! – A avó fez uma mesura para a imensa bola de fogo que subia no horizonte. – Também não importa. Deuses, homens, gigantes, druidas poderosos... O que vale é que estamos aqui vivenciando essa maravilha que só acontece durante o solstício.

– Druidas com poder de levantar pedras assim... imensas! – Fergal assoviou. – Você tem esse poder, minha avó?

– Quem sabe? – Encarou o neto, que arregalou os olhos. – Eu nunca tentei!

Óebfinn o envolveu com os braços, e juntos riram enquanto o Sol aquecia os seus corpos e as suas almas e fazia os passarinhos cantarem, comemorando mais um dia de vida.

– Fergal! – Caomh, montado em um cavalo marrom, berrou, despertando o velho druida dos seus devaneios.

O gorducho tinha bandagens envolvendo a cabeça e o braço esquerdo apoiado em uma tipoia. Ao seu lado, Truta montava uma égua branca que tomara de um dos romanos.

– Achei que estavam mortos! – Fergal se levantou e sorriu. E abraçou os amigos assim que desmontaram.

– Devagar, velho. – Caomh fez uma careta. – Eu estou todo estropiado.

– Por pouco Caomh *não morre.* Cynbel o salvou no último instante. – Truta massageou a nuca.

– Você não sabe como eu estou feliz em ver a sua cara feia! – Beijou a testa do druida careca. – E a sua cara gorda!

– Também estamos felizes por te ver, Fergal. – Caomh apertou o ombro do amigo. Mas logo o seu cenho se fechou. – Como ela está?

– Morrendo. – Fergal olhou para Buddug, que delirava. – Fiz tudo o que eu sabia, mas o ferimento não cicatriza e a febre não cessa. *Já deveria estar morta, mas ela luta. Luta demais...*

– *Nós demoramos muito.* – Caomh balançou a cabeça. – Mas não conseguimos chegar antes, os caminhos estavam sendo bem vigiados e não queríamos que nos seguissem.

– A alma dela não aceita a derrota e está queimando. – Truta tocou a virilha. – Eu posso ver uma luz avermelhada em torno dela. – Ela não teve a sua vingança e isso a consome.

– Eu não vejo luz nenhuma, Truta, mas concordo com você. – Fergal caminhou até a rainha. – O espírito dela está sufocado de ódio e dor.

– *Não podemos deixar que ela* parta assim. – Caomh veio mancando. – Ela não teria paz. E talvez...

– Sim, ela assombraria estas terras até o fim dos tempos como uma alma torturada – Truta cuspiu. – Mas não sei o que podemos fazer, exceto...

Virou-se para Fergal, que assentiu com a cabeça.

– Vocês não estão pensando em... – O gorducho olhava para um e para outro em desespero, a boca aberta. – Nem sabemos se isso é possível ou se é uma lenda! Uma história que os anciãos nos contavam para se gabar!

– É o que nos resta, Caomh. – Truta olhou para o céu estrelado, quando algum Deus riscou o azul escuro, voando ligeiro para o Sul. – Ou você tem ideia melhor?

O gorducho permaneceu em silêncio observando Buddug delirar falando coisas ininteligíveis, o rosto contorcido em dor, os dedos rasgando a terra e os pés irrequietos.

– Como sofre! – Truta balançou a cabeça.

– Ela não merece se tornar uma assombração, um espírito errante que nunca terá paz. – Caomh se apoiou em uma das imensas pedras. – Mas se não der certo? Se o rito não for verdadeiro?

– Então ela se tornará uma assombração. – Fergal cofiou a barba encardida. – Mas pelo menos tentamos.

– A Britannia não precisa ser salva, mas podemos tentar tirar essa maldição dela. – Truta esfregou as mãos, os olhos ainda vidrados no céu em busca de mais algum presságio.

– Concordo! – Caomh assentiu com a cabeça. – Conduza o rito, Fergal, eu me ofereço.

– Eu também me ofereço, Fergal. – Truta baixou os olhos até o velho amigo. – Conduza o rito.

Fergal enxugou a testa de Buddug com um trapo sujo feito com um pedaço rasgado do seu vestido. Murmurou algo em seu ouvido e ela puxou o ar com dificuldade.

– Você irá conduzir o rito, Caomh. – Fergal sorriu, pois nesse instante uma coruja branca pousou em uma das pedras e começou a observá-los. – O ódio, a dor e o desejo de vingança de Buddug são fortíssimos por tudo que ela e as filhas viveram.

– Por isso o seu espírito se recusa a deixar o corpo. – Truta se aproximou e a cheirou. Fez uma careta pelo fedor putrefato que exalava do ferimento. – O golpe que ela sofreu foi letal, e mesmo o mais forte dos guerreiros teria morrido ali naquela maldita planície. Contudo, a vontade da rainha é imensa. Por isso o rito precisa de uma força tão grande quanto ela.

– Faça você o rito, Truta! – Caomh apertou o braço do amigo. – Eu não sei se eu consigo.

– Você consegue, gorducho – Fergal piscou. – Eu confio em você. Sempre confiei. E nós três estaremos unidos, nunca se esqueça. Eu não creio mais nos Deuses, meu amigo, então, nunca conseguirei me conectar a eles. Você pode! Eu prefiro ceder apenas o meu...

– Andraste, você me abandonou! – Buddug gritou. – Gaius, não...

– Precisamos nos apressar – Truta abriu a sua bolsa e começou a revirá-la.

– Vá se preparar, Caomh! – Fergal, começou a se despir. – Você sabe o que precisa para o rito.

O gorducho, aos prantos, assentiu. E mancou apressado para fora do círculo de pedras.

O velho druida já havia deixado uma fogueira pronta, com muitos galhos e gravetos bem empilhados. Truta a acendeu com facilidade usando uma pedra-de-fogo, com a qual riscou a parte de trás da lâmina da sua faca, arrancando faíscas que caíram sobre o chumaço feito com casca de pinheiro e mato seco deixado ali por Fergal.

A luz avermelhada iluminou o antigo círculo e se refletiu nos grandes olhos da coruja branca. Os cavalos que pastavam lá adiante relincharam quando Caomh retornou mastigando alguma coisa.

– Encontrou? – Fergal, nu, encarou o amigo com os olhos verdes fulgurando. – Pegou perto daquele tronco podre?

– Sim.

– Espero que você não tenha comido muito, seu glutão – Fergal riu.

– Apenas o suficiente. – Caomh devolveu o sorriso, ainda mastigando. Engoliu com dificuldade e pôs a língua para fora. – Eles têm o gosto horrível.

– Ainda bem. – Fergal mijou fazendo a terra virar lama. – Se fossem gostosos você estaria morto por comer além da conta.

Pegou a lama recém-feita e passou no corpo e no rosto, gesto repetido por Truta, que também se despira e se aliviara.

– Que a Terra nos dê a sua força – os dois falaram em uníssono. – Que a Deusa nos dê a sua força!

Caomh tirou o braço quebrado da tipoia e ganiu. Inspirou fundo e esfregou as mãos, o rosto vermelho de dor.

– Que o seu espírito se acalme! – Caomh se aproximou da rainha, que abriu os olhos e tornou a fechá-los. – Que ele vá em paz para o outro mundo!

O gorducho se afastou e lambeu uma das pedras. E bateu a cabeça em outras duas até ela sangrar.

– Que a Terra nos dê a sua força – os dois repetiram. – Que a Deusa nos dê a sua força!

– Que a carne aceite a morte para a alma viver para sempre! – Caomh começou a balançar para frente e para trás em um transe estranho. – Que o sangue poderoso lhe dê forças para seguir a sua jornada! Siga o seu destino e tenha paz junto aos seus ancestrais.

Fergal se abaixou até onde estavam as suas vestes e pegou a faca com cabo de bronze que pertencera a algum romano. Aquela que tomara da gorducha antes da batalha final.

Caminhou até Buddug e se ajoelhou, seguido por Truta, que fez o mesmo do outro lado.

– Que a Terra nos dê a sua força! – as vozes dos dois eram urros. – Que a Deusa nos dê a sua força!

Buddug gritou e seu corpo começou a ter espasmos. Sua boca tremia, falando algo em uma língua que nem os druidas compreendiam.

A coruja branca piou e abriu as asas. Um lobo uivou a distância e os cavalos começaram a ficar irrequietos, dando coices no ar, mordiscando uns aos outros.

– Que a carne aceite a morte para a alma viver para sempre! – Caomh se balançava cada vez mais rápido. – Que o sangue poderoso lhe dê forças para seguir a sua jornada!

Mancou até a rainha e se ajoelhou atrás da cabeça dela.

– Andraste, a sua filha sempre a honrou! – Fergal ergueu a faca. – Chegou o momento de você a receber! Buddug, a Valorosa, aquela que suportou as dores da carne e lutou sem medo!

– Andraste, a filha da Britannia precisa de você! – Truta pôs a mão sobre o peito de Buddug, a respiração acelerada, o coração batendo rápido demais. – Ela que sem medo enfrentou os invasores que adoram outros deuses!

– Que a carne aceite a morte para a alma viver para sempre. – Caomh apertou as bochechas dela, fazendo a sua boca se abrir e exalar o cheiro da morte. – Que o sangue poderoso lhe dê forças para seguir a sua jornada!

Fergal cortou o pulso e entregou a faca para Truta.

– Que o sangue poderoso lhe dê forças para seguir a sua jornada até Andraste! – Fergal deixou que o seu sangue escorresse para a boca da rainha, que começou a se debater e a engasgar. – Aguente, Buddug!

Truta rasgou o pulso e pôs a mão sobre a do amigo, fazendo com que o seu sangue se juntasse ao dele.

– Que o sangue poderoso lhe dê forças para seguir a sua jornada até o antigo carvalho onde a Deusa fez a sua morada! – Olhou para o céu e novamente viu uma luz azulada riscar a imensidão enquanto as estrelas cintilavam. – Que o sangue lhe desperte a boa visão! Aquela que enxerga nas mais profundas sombras.

– Que o sangue aguce os seus ouvidos! – Fergal crispou os dentes. – E você escute até uma flor se abrir!

– Que o sangue guie o seu nariz! – Truta rosnou. – E você sinta o cheiro do pão fresco do outro lado da grande montanha!

– Que o sangue lhe dê poder para achar o caminho no outro mundo! – os dois gritaram, e a ventania começou. – E que Andraste a receba como a uma igual!

A coruja piou e levantou voo, sumindo na escuridão.

Caomh começou a tremer e a revirar os olhos enquanto uma espuma amarelada se formava na sua boca.

Buddug resfolegava e se debatia, e os dois druidas mal se mantinham de joelhos, o fluxo de sangue ficando cada vez mais fraco.

– Que você possa descansar, minha menina. – Truta tombou de lado.

Fergal se manteve por um tempo, apoiou-se com a outra mão no chão encharcado de suor e sangue.

– Vá, Buddug, você já é imortal entre os povos da Britannia. – O corpo do velho druida amoleceu e ele também caiu. – Vó? Vovozinha? Você veio mesmo!

Caomh soltou a boca da rainha e desmaiou. Ainda teve alguns espasmos antes de se aquietar.

O silêncio retornou ao círculo de pedras. O vento cessou e até mesmo a fogueira se apagou, restando apenas brasas que nada iluminavam.

Então um grito irrompeu das sombras. Um urro medonho de voz grave. Tão forte que fez os pássaros que dormitavam nas árvores próximas caírem mortos e os cavalos debandarem desesperados.

Uma única palavra que estremeceu a noite sem lua.

– Vingança!

Epílogo

Buddug nunca mais foi vista. Alguns dizem que ela morreu devido aos ferimentos que recebeu na batalha e seu corpo se perdeu entre milhares de cadáveres. Outros espalham o boato de que ela conseguiu escapar, mas depois se envenenou devido ao desgosto e à vergonha pela derrota. E há aqueles que juram que os romanos a levaram como prisioneira para Roma e, quando ela adoeceu e morreu, recebeu um suntuoso funeral.

Balelas!

Nada disso é verdade!

Eu a vi ser levada por Fergal, o druida mais poderoso do nosso tempo. Eu o ajudei a colocá-la em seu cavalo e matei aqueles que iriam persegui-los. Eu chorei por não ter conseguido lhe dar a vitória.

Nós fomos massacrados.

Escapei por pouco. Fugi, tomado pelo medo, que fora maior que a vergonha de abandonar a batalha. Galopei para longe, a esmo, temendo que me perseguissem e me fizessem prisioneiro.

Milhares morreram e quem sobreviveu teve de se entocar como o rato que se esconde da águia. A águia de Roma. E muitos foram arrancados dos seus esconderijos e assassinados.

Amigos.

Parentes.

Indefesos.

Lambemos as nossas feridas e sobrevivemos como pudemos. Muitos escolheram se ajoelhar perante os invasores. Não os culpo. Não os julgo. Talvez eu fizesse o mesmo se tivesse que alimentar a minha família.

Mas eu estou só. Escolhi permanecer só e me juntar aos que ainda buscavam a liberdade, aos que buscavam retomar as suas terras. Conheci muitos líderes, mas nenhum era como... Ela.

Já se passaram vinte invernos...

Há tantas e tantas histórias sobre Buddug. Verdades, mentiras, lendas, mitos, nunca saberemos. Nunca mais a vi, tampouco reencontrei os últimos druidas dessa terra.

Truta, Caomh, Fergal...

Estão mortos? Escondidos em bosques secretos? Ela está com eles?

Só me restam as perguntas. E a saudade. E apenas uma convicção.

Eu, Cynbel, Espírito de Fogo, como um dia Fergal me chamou, cujos cabelos se tornaram prateados e os ferimentos antigos doem a cada amanhecer frio, afirmo sem hesitar que me orgulho de ter seguido Buddug, a rainha dos icenos.

Buddug, a rainha da Britannia!

*

QUATRO NOITES DEPOIS DO RITO.

– Pai, tem mais um defunto aqui! – O jovem de cabelos encaracolados e de pele dourada pelo sol correu até onde o corpo estava. Pôs a tocha perto do cadáver e tapou o nariz devido ao fedor. – E esse é bem gordo. E já está podre!

– Vamos ver se ele tem algo de valor e vamos embora. – O pai, trajado com uma toga de lã tingida de vermelho, se aproximou e virou com dificuldade o corpo que estava de lado. – Que a Deusa Juno nos proteja!

O filho arregalou os olhos ao ver o horrendo desespero no rosto do morto. Uma máscara de olhos esbugalhados e com a língua coberta de formigas para fora da boca. Larvas saíam pelos cantos dos olhos, orelhas e pela boca.

– Ele morreu com muito medo! – O filho se agachou ao lado do cadáver. – Olhe, pai, ele tem dois furos no pescoço! Aqui, perto da orelha, onde os pelos da barba preta e grossa não nascem.

– Estou vendo. – O pai premeu os olhos e tocou nos círculos, distantes três dedos um do outro e envoltos por hematomas enegrecidos. – Deve ter sido algum animal.

– Estranho... – O filho coçou a cabeça. – Quando os animais mordem, seja um lobo ou um urso, eles costumam arrancar nacos de carne, não deixar apenas dois furos. Até mesmo os cães selvagens fazem isso.

– Não importa. – O pai se afastou, a mão no nariz. – Ele também não tem nada de valor, assim como os dois que encontramos com os pulsos cortados no círculo de pedras.

– Espero que essa seja a última morte estranha. – O jovem tocou a virilha. – Pois, se houver mais, precisaremos comunicar o governador.

– Pra quê? – O pai montou no cavalo. – São apenas *britanos*! Se fossem cidadãos de Roma como nós, aí sim, seria nosso dever. Eles são apenas selvagens.

– Tudo bem – o filho assentiu. – Vamos para casa.

Uma gargalhada grave ecoou pela noite estrelada e de lua brilhante. Era como se a voz poderosa os envolvesse por todos os lados.

– Minha Deusa Juno, Mãe de Todos! – O pai olhou ao redor, assustado, e ergueu a tocha, que não conseguia vencer as sombras densas. – Quem está aí?

– Vamos, depressa! – O filho montou com agilidade. – Vamos voltar.

Os romanos esporearam os seus cavalos e saíram em disparada, os cascos levantando torrões de terra e grama.

Entretanto, eles nunca chegaram em casa.

FIM

ESCRITO COM ALMA E SEM CAUSAR VERGONHA

POSFÁCIO POR PAOLA GIOMETTI

Rainha dos icenos, uma tribo pequena, mas poderosa, baseada na moderna Norfolk, no leste da Inglaterra, Boudica ganhou fama durante a era vitoriana, quando foi relembrada na *The Gentleman´s Magazine* (1854), tornando-se um importante símbolo heroico do Reino Unido após liderar um levante contra o Império Romano. Mas, mesmo sendo capaz de liderar os celtas na resistência a esse imponente império, relatos na história sugerem que, após sua derrota, Boudica morreu envenenada. Rumores dizem que a rainha despertou a ira mais profunda que uma mulher é capaz de sentir: além de sua propriedade ter sido tomada, foi açoitada publicamente e suas filhas estupradas por romanos. A chama rubra da vingança nos olhos de Boudica se acendeu, e isso foi o estopim para que se tornasse uma das mulheres mais lembradas e mais importantes de toda a Britânia e dos celtas.

Em 60 d.C., Boudica liderou uma revolta contra os romanos que resultou na destruição de pelo menos dois de seus assentamentos: Camulodunum (atual Colchester) e Londinium (moderna Londres), queimando ambos e quase expulsando as forças de ocupação imperial de Roma da Britânia. Arqueólogos encontraram evidências dos incêndios que suas forças acenderam.

Na sociedade profundamente patriarcal da Roma imperial, o fato de uma mulher ter conseguido matar tantos romanos foi considerado um grande choque. "Duas cidades foram saqueadas, oitenta mil dos romanos e de seus aliados pereceram, e a ilha foi perdida para Roma. Além disso, toda essa ruína foi trazida sobre os romanos por uma mulher, fato que por si só lhes causou a maior vergonha", escreveu Cassius Dio em "*Roman History*" (tradução de Earnest Cary, através da Universidade de Chicago).

Por mais que eu tenha ascendência romana, enquanto eu lia *Druida: A última morte*, eu sempre torcia para Boudica, mesmo sabendo do seu trágico destino ao lado dos celtas. Por mais que ela tenha morrido, seus admiradores não deixaram sua história morrer: uma rainha que se opõe a ferro e fogo a uma força como a de Roma tinha que ter muita coragem e estar praticamente certa de que seu destino seria uma morte dolorosa e prematura. Ela não se vingou dos romanos como desejava, mas recebeu em 1902 uma estátua de bronze que a representava erguida de forma imponente no alto de sua carruagem. A obra foi projetada por Thomas Thorneycroft e colocada no talude do Tâmisa ao lado das Casas do Parlamento na antiga capital romana da Grã-Bretanha, Londinium.

A única descrição física de Boudica que sobreviveu vem do historiador Cassius Dio. Embora possa não ser tão preciso, deixa os leitores com a impressão de que Boudica era uma líder de guerra determinada. "Em estatura, ela era muito alta, na aparência mais assustadora, no olhar mais feroz, e sua voz era áspera; uma grande massa de cabelos castanhos caía em seus quadris; em volta do pescoço havia um grande colar de ouro; e ela usava uma túnica de várias cores sobre a qual um manto grosso era preso com um broche. Este era seu traje invariável...", escreveu Dio, que acrescentou que segurava uma lança quando falava com seu povo.

Exaustos dos ataques romanos e revoltados, os bretões chegaram a profanar os cemitérios romanos, mutilando estátuas e quebrando lápides, e algumas dessas estátuas mutiladas podem ser vistas hoje no Museu de Colchester, a Camulodunum citada por Kasse.

Por mais que heroínas estejam em alta nas mídias de entretenimento, é sempre importante nos lembrarmos que não é somente na fantasia ficcional que elas existem. Boudica foi uma mulher de carne e osso que lutou por tudo o que acreditava e contra o maior império da época, incentivando, encorajando e liderando milhares de celtas homens e mulheres a defenderem o que lhes pertenciam, oferecendo uma chance de vingar suas famílias. Em sua carruagem e ao seu lado, Boudica tinha suas filhas, que também instigavam os celtas a lutarem.

Heroínas devem sempre ser lembradas, e foi isso o que Eduardo Kasse fez. E de modo genial, sendo um dos romancistas históricos de que mais gosto pelo seu modo de escrita "sem papas na língua", bruta, crua e que reflete os acontecimentos com toda a naturalidade possível em seus personagens de gestos rústicos e que chegam a ser muito bem humorados.

Imagino que Kasse tenha despertado frases nos leitores como "Eu não acredito que Kasse fez o personagem coçar os testículos ou as pregas anais." É óbvio que todos os homens cocem seus testículos e que as pessoas em geral também façam o mesmo com suas pregas, no entanto, Kasse foi o primeiro escritor que li e que usa desse artifício de descrição rústica e íntima para dar as características aos seus personagens em um livro de romance histórico. E o mais incrível de tudo: ele não tornou o seu livro menos sério por isso. Muito pelo contrário, há muita seriedade em suas pesquisas antes de escrever seus livros, e isso é facilmente percebido ao longo do enredo, uma vez que as culturas celta ou escandinava não fazem parte de nossa rotina. No fundo, este é um ótimo artifício para deixar a história mais verossímil e palpável.

Em muitos livros, druidas são pessoas aplicadas às suas entidades e ritos, temendo ofendê-las, e por isso possuem seus métodos de devoção. Aqui, o personagem Fergal, de quem mais se espera algum milagre ou sorte, é um druida com tiques e manias espalhafatosas, muitas vezes obscenas e que me fizeram rir ao longo do livro. Fergal é aquele tipo de personagem que você acompanha somente como um bom e curioso observador, como quem espia por uma fresta de janela se preparando para ver qual será a nova balbúrdia que ele irá causar entre os celtas e romanos, e quão chocados eles ficarão com seus atos desmedidos.

Mesmo que eu more na Escandinávia e tenha um conhecimento amplo da cultura, fauna e flora do Norte da Noruega, percebo que Kasse em nenhum momento deixa em seus livros frases que poderiam causar estranhezas a quem conhece o assunto, podendo entregar, aos leitores menos experientes neste universo, um baú de aprendizados.

Paola Giometti
é escritora de fantasia polar e folclore escandinavo.
Fábulas da Terra e *A Senhora da Tundra* são seus livros mais conhecidos, publicados no Brasil, nos EUA e na Espanha. Paola vive no Norte da Noruega onde se inspira para criar histórias.

@paolagiometti
Site: paolagiometti.com.br
Youtube: Paola Giometti

Agradecimentos

Mesmo quando a maior força deste mundo vem nos enfrentar, mesmo quando o imenso poder tenta nos pôr de joelhos, nós lutamos. E, pelos Deuses, que os nossos nomes sejam celebrados hoje e além! É sempre uma honra estar ao lado de vocês!

Adriana Santos
Adriano Ladeira Vannucchi
Alessandro Leite
Alessandro Rocha Louredo
Alex Gaspar Konig
Alexandre Bandeira Bjj
Alexey Dodsworth
Aline Fernanda da Silva
Ana Carolina Correa de Medeiros
Ana Carolina Oliveira de Andrade
Ana Lúcia Merege Correia
Ana Valéria Beserra
Andre Russo Moreira
Andre Zanki Cordenonsi
Anibal Vitor
Ariane de Melo
Aya Imaeda
Bruno Avila Rauber
Bruno Henrique Oliveira Lima
Caio Favero
Camila Atan Morgado Dias
Carlos Eduardo Sanches
Carlos Henrique Madureira Rocha
Carolina Dantas Nogueira
Carolina Mancini
Celia Erlania Rabelo Silva
Celso Ricardo Freitas Cavalcanti
Cesar Lopes Aguiar
Cido Rossi
Cirilo S. Lemos
Clara Monnerat
Claudia Povoas Schmidt
Cláudio André de Souza Lacerda
Clecius Alexandre Duran
dan.folador
Daniel Vitor Blaia Gouvea
Diego Guerra
Diego P. Soares
Diogo Gomes
Eduardo Gouvêa
Élida Ferreira Martins
Ellen Mossero
Eluando Cascardo
Esdras Régis da Silva
Estela Vitor Burdin
Fábio Fernandes
Fabio Gesse Dalphorno
Fabio Grazioli
Felipe F. A. Camargo
Fernanda da Silva Lira
Fernando Almeida
Fernando Bandeira Fisch
Fernando Moura Feitosa
Flávio Cesar de Medeiros Junior

Francisco
Franz Eduardo Brehme Arredondo
Gabriel Balbino
Gabriel de Oliveira
Gabriel Guedes Souto
Gabriel Salles Minussi
Gabriel Tavares Florentino
Gerson Lodi Ribeiro
Gizele Correia Cardoso dos Santos
Gutenberg Löwe Literatura Fantástica
Hernandes Michel Klabunde
Hiroshi Kase
Inês Barreto
Jeff Marks
Jefferson Pacheco da Fonseca
João Carlos De Lucca Filho
João Eduardo Herzog
João Nilo de Souza Nobre
João Vitor Zenaro
Jonas Gomes
Jose Joaquim Porto de Paula
Jully Basilio
Klaus Do Iate
Larissa Mignon
Laura Spíndola
Lelio Braga Calhau
Leonardo Chioda
Leonardo Rafael de Araujo Zaromski
Leto Orffeus
Lidia Sturaro Vitor
Livia Nogueira De Andrade
Lucas Toledo Teixeira Câmara
Luiz Augusto Galicioli
Luiz Henrique Padilha Godinho
Malena Regina Braga da Costa
Marcelo Alexandre Pacheco
Marcelo Augusto Galvao
Marcelo Pires Augusto
Marco Antonio da Costa
Marco Nascimento
Marcos Nogas
Marcos R. Piaceski da Cruz
Maria Cecília Ribeiro dos Santos Assad
Maria-Vitória Souza Alencar
Mário Henrique Perin Bernardo
Melissa Barth
Monica Julie Coracini
Naira Carneiro
Nicholas Baracy
Nikelen Witter
Octavio Aragão
Óliver de Lawrence Meira de Souza
Paola Giometti
Patricia Hradec
Paulo Rubens Araujo
Paulo Vinicius F. dos Santos
Pedro Alcântara
Pedro Henrique Pamplona Carvalho
Rafael Carvalho
Rafael Danesin
Rafael Firpo Rodrigues Primeiro
Rafael Michel Domenes
Rafael Peres
Regina Shimizu
Ricardo dos Santos França
Roberto C. Belli
Roberto de Sousa Causo
Robson Rogerio Cruz
Rodrigo de Souza Pereira
Rodrigo Ortiz Vinholo
Rodrigo Rahmati
Rogerio Basile
Rogério Correa Laureano
Rogério Francisco Borges Pereira Faria
Romy Schinzare
Saulo Luders Fernandes
Sergio Fernando Oliveira Theodoro dos Santos Kamache
Simone Marques
Soren Francis
Susana Goicochea
Susana Ventura
Thiago Apolinario
Thiago Tonoli Boldo
Ueliton Castro pires
Valéria Aparecida Dom Pedro Nascimento
Veber Metelaro Urchei
Victor Dias
Victor Hernandes
Wallace William de Sousa
Wallyson Gomes de Almeida
Zenaide Almeida Santos

LEIA TAMBÉM DO MESMO AUTOR:

SÉRIE
TEMPOS DE SANGUE

O ANDARILHO DAS SOMBRAS

DEUSES ESQUECIDOS

GUERRAS ETERNAS

O DESPERTAR DA FÚRIA

RUÍNAS NA ALVORADA

A TEIA ESCARLATE (EM QUADRINHOS)

WWW.TEMPOSDESANGUE.COM.BR

SAGA
VIKINGS

VIKINGS: BERSERKER

VIKINGS: NIDHOGG

VIKINGS: NOITE EM VALHALA
(EM QUADRINHOS)

VIKINGS: MORTE AO TROLL
(EM QUADRINHOS)

WWW.SAGAVIKINGS.COM.BR

Este livro foi impresso em papel pólen bold na Renovagraf em julho de 2022, aguardando o fim da pandemia